JN313096

山本有三と
三鷹の家と郊外生活

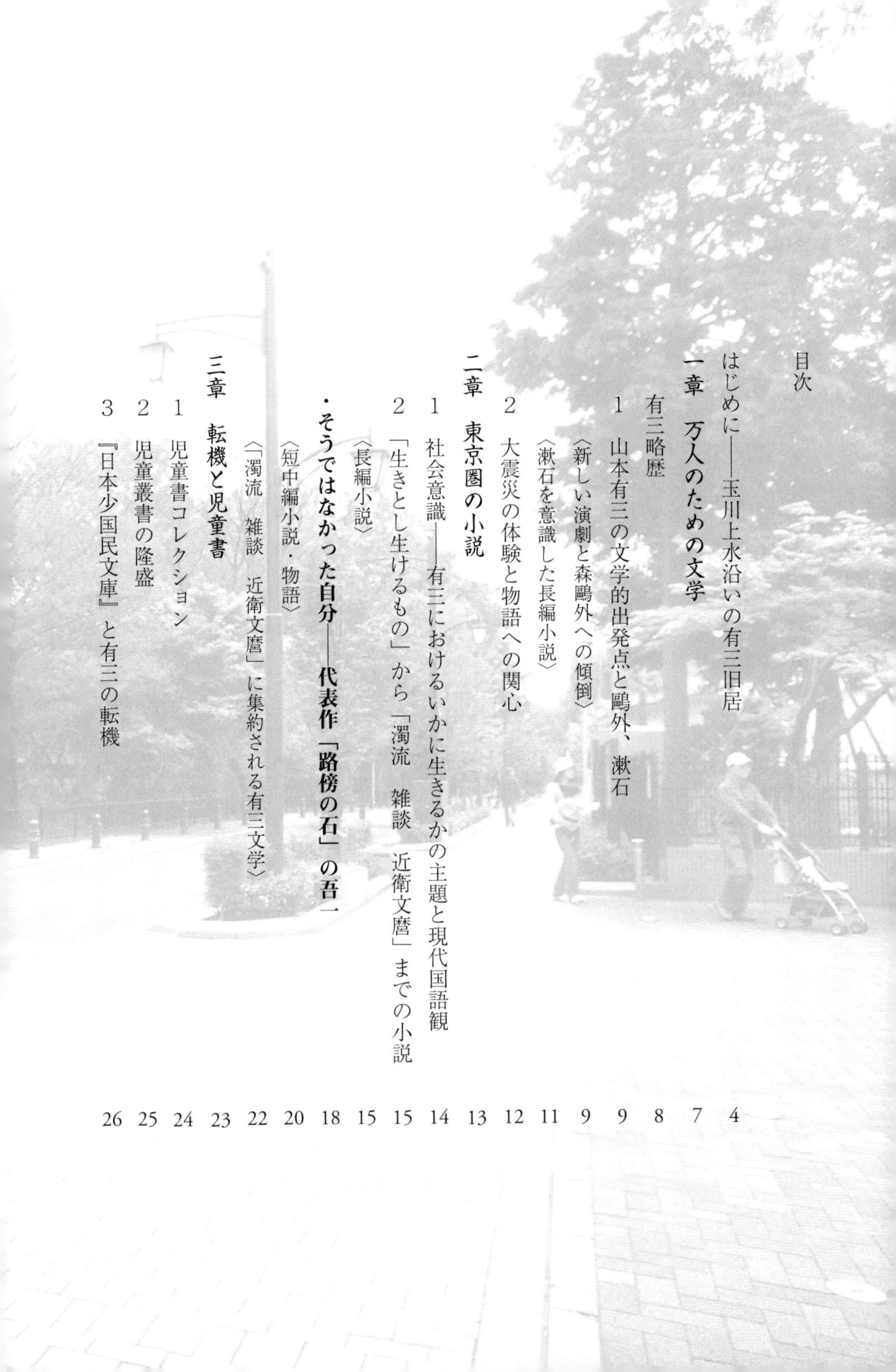

目次

◆はじめに◆
玉川上水沿いの有三旧居

記念館玄関側

作家の人生と作品とライフスタイルを跡付けるにあたり、旧居はその拠点として有効に働きます。けれども、作家が10年余りも住んだその土地のその家が実際に記念館として存続することは、東京都内においても、全国的にみても、稀少な例になります。

当、三鷹市山本有三記念館である有三の三鷹の家で彼が過ごしたのは、第二次世界大戦の戦前戦中でした。熟年期の有三が、近代市民のための連載小説から児童書編纂、教育文化へと仕事の比重を移し、やや回顧的な「路傍の石」と戯曲「米百俵」を書いた時期でもありました。この頃の体験は、後の作品「無事の人」や「濁流　雑談　近衛文麿」にもつながります。大戦の勃発と終戦があり、有三は家を進駐軍に接収されて立ち退きます。やがて、有三本人は戦後の文化国家建設に尽力し、返還された三鷹の家を公に寄附します。有三青少年文庫としての運営を経て、国民的作品「路傍の石」執筆の家が記念館となったのは1996年でした。途中、所管は1985年に東京都から三鷹市へ移りました。

この三鷹の家は、玉川上水沿いの閑静な緑地に1926（大正15）年に建築され、当初は実業家の別荘でした。欧風の郊外住宅、木造ハーフティンバーの造りで、外観はイギリス風の煉瓦組みに、南国風の大理石のテラスがあるという折衷様式です。マントルピースが3ヵ所にあり、外側に張り出した煙突の石組みのダイナミズムが特徴になっています。内部はゴシックアーチをアールデコ風に用いた趣味的な意匠で、窓際には作り付けのベンチがあり、暖をとるイングルヌックの空間と、収納力豊かな地下室や屋根裏部屋もあります。1階には応接間と食堂、現在は仕切りが取られたリビングダイニングのような広間があり、2階の部屋のうち中央の和室は、入居時に設えた数寄屋風書院の

路傍の石

顕彰碑（石井鶴三レリーフ有三肖像　高橋健二揮毫「心に太陽を持て」）

有三の居室です。関東大震災後の耐震性のある堅牢な家で、一部には鉄筋も用いられています。モダンな好みと、今日の私たちの住まいに通じる合理性が感じられます。

有三は、いつも家族との生活のなかで書いた作家でした。彼は、１９３６（昭和11）年という大戦に向かう緊迫した時代に、当時としては本格的な洋風住居に、夫人と子供4人に母親、そして書生、お手伝いさんたちと共に入居しました。それにセラー・フォン・バンムドルフという名の愛犬がいたそうです。それ以前は吉祥寺の和風の家に住んでいたのですが、連載小説を書くためにさらに閑静な住居を求めたと言われます。2階が有三の居室で、彼専用の洋式バスルームもあったそうです。和室や洋室で書き、北側の部屋は書庫にしました。冬は3ヵ所の暖炉で石炭や薪を焚いても広い家は暖めにくく、火鉢なども彼は愛用したと言われています。夏は2階は暑くなるので、応接間にしていた1階南西のソファと丸テーブルで暑さをしのぎながら仕事をしたそうです。

また、読書教育に関心の強かった有三は、自分の書斎として機能する家を、小中学校へ通う自分の子供たちや、地域の子供たちの図書室にもしようと考えました。戦時にもかかわらず実践したのが、１９４２（昭和17）年7月に開いた〝ミタカ少国民文庫〟でした。刊行物のとだえがちな時代の子供達のために、有三の蔵書が提供されたのです。

三鷹の家は、建築をはじめとする様々な時代文化の反映であると同時に、山本有三という作家の生活と文学を成り立たせた総合的なシステムだったと考えられます。それは、とりも直さず田園と住宅地が共存する東京郊外の文化史の一面でした。

本書では、有三と同時代に三鷹や近隣に居た作家にも視線を延ばし、東京郊外と作家のあり様を考察します。地域と作家の係わりを再考する契機になれば幸いです。〔編者〕

石碑「自然は急がない　有三」
「石はふくむ今古の色　有三」

南側テラス

◆一章◆

万人のための文学

有三肖像　三鷹の家の庭にて

山本有三：略歴

〔年代―満年齢〕		〔事項〕
1887年（明治20）	0	7月27日（戸籍簿は9月1日）、栃木県下都賀郡栃木町大字栃木（現栃木市万町）に、山本元吉、ナカの長男として生まれる。本名勇造。
1911年（明治44）	24	戯曲「穴」を『歌舞伎』3月号に発表する。筆名は山本染瓦。「有三」を使うのは大正3年（27歳）ころからである。
1914年（大正3）	27	2月、一高同窓生、豊島与志雄、菊池寛、芥川龍之介、久米正雄らと共に第三次『新思潮』を興す。戯曲「女親」や劇評、翻訳などを発表。
1915年（大正4）	28	7月、東京帝国大学文科卒業。独逸文学専攻。卒論は、「ハウプトマンの戯曲『織匠』の形式について」（ドイツ文）。
1920年（大正9）	33	戯曲「生命の冠」を『人間』1月号に発表。2月には初演され新しい世代の劇作家として認められ、日本の創作劇に尽力するようになる。
1926年（大正15）	39	「生きとし生けるもの」を『朝日新聞』に連載して、長編小説へ進出を果たす。続けて、同新聞に「波」「風」「女の一生」を連載。
1937年（昭和12）	50	「路傍の石」を『朝日新聞』に連載。検閲が原因で完成されないが、幅広い読者を得る代表作となる。国民的作家と言われるようになる。
1942年（昭和17）	55	ミタカ少国民文庫を三鷹の家で開き、戦中の子供らに蔵書を開放。翌年『主婦之友』発表の戯曲「米百俵」で説く人材育成の実践と言われる。
1947年（昭和22）	60	最初の参議院議員となる。任期中、現代かなづかい、当用漢字、文化財保護法、国民の祝日の制定など予てからの文化国家の課題に尽くす。
1958年（昭和33）	71	東京都に寄附した三鷹の家が、都立教育研究所三鷹分室、有三青少年文庫として開設される。（現、三鷹市山本有三記念館）
1965年（昭和40）	78	11月、第25回文化勲章を授与される。戯曲と小説における功績による。国会に尽くした功績には、後の昭和46年に銀杯一組を下賜される。
1974年（昭和49）	―	1月11日、脳梗塞急性心不全で死去。享年86歳。前年に『毎日新聞』に連載中の「濁流　雑談　近衛文麿」は中程で休筆したままに終わる。

（『山本有三全集』巻12―新潮社―の年譜が詳細である。）

蔵の街　栃木のたたずまい（山本有三ふるさと記念館提供）

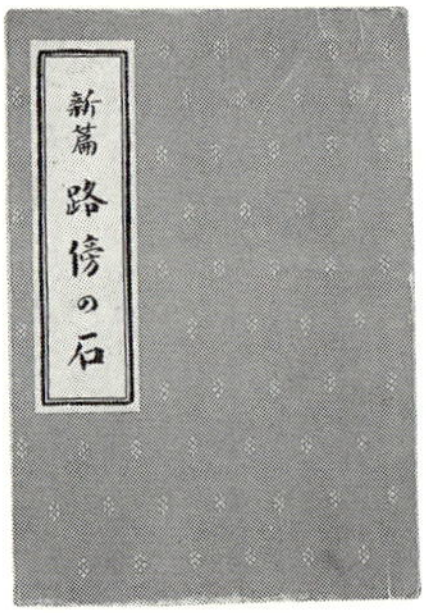

『新篇　路傍の石』山本有三著　南沢用介装幀　1941（昭和16）年　岩波書店

文化勲章　1965年

1　山本有三の文学的出発点と鷗外、漱石

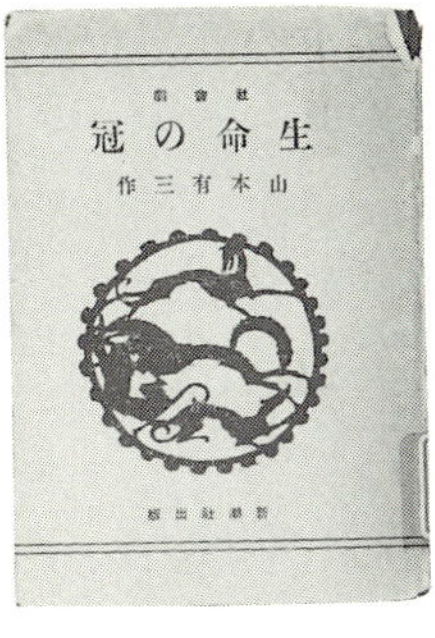

『生命の冠』山本有三著　井上正夫装幀　1920（大正9）年　新潮社

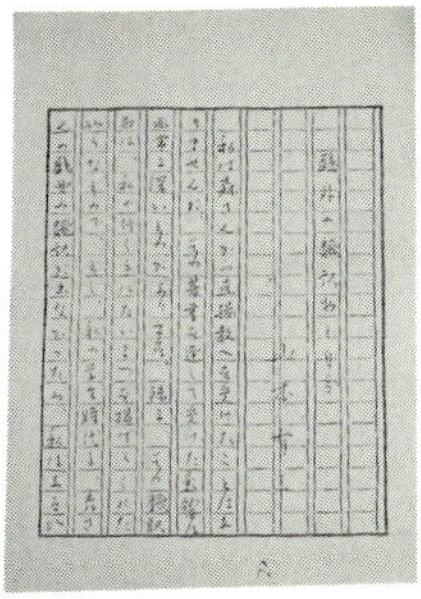

原稿「鷗外の翻訳物と自分」有三専用原稿用紙3枚、鉛筆、1938年『鷗外全集　翻譯編』（内容見本／岩波書店　昭和13年）掲載の推薦文「鷗外の翻譯と私」に相当する

山本有三は、活躍期が長く、戯曲、小説、現代国語、文化面など幅広い仕事をしたにも係わらず、自伝にあたる著述が少ない。より詳しい年譜や実人生を知りたいと思っても難しい作家の一人である。では、足跡の網羅はあきらめて略年譜を作ろうとすると、活躍が多岐に渡っているために、今度は業績を拾う取捨選択に悩まされることになる。

長編小説を原作とした文芸映画で親しまれ、また、なかでも「路傍の石」の逆境を生きる吾一少年像で、広く児童を含む国民を勇気づけた作家であった。平易な国語の実現を模索し、戦後、憲法の口語化をいち早く提唱するなど実際的な功績も多かった。だが、万人のための文学志向は認められても、小説中に帝国大学出身のリベラルな作家自身の生き方が直接に書かれているわけではない。「略歴」からは、文学的な出発が戯曲にあったことが明らかである。自分のことを記述する私小説家ではなく、客観的素材を脚色する劇作家の資質を持つ人であった。原点をこのようにとらえながら有三の世界に入っていきたい。

〈新しい演劇と森鷗外への傾倒〉

有三は、幾多の回り道はしたが、1909（明治42）年7月には、第一高等学校へ入学した。この年に、小山内薫による自由劇場の旗揚げ公演が行われた。これは、イプセンの「ジョン・ガブリエル・ボルクマン」を森鷗外の翻訳で上演したものであった。鷗外の小説「青年」には、この時のことが若者の目からとらえて書かれているが、若い観客は、老いたボ

《死の舞踏》41点のうちより〈すべての人の骸骨〉（ハンス（子）・ホルバイン木版画1538年刊）
ストリィンドベリイ戯曲、山本有三訳『死の舞踏』（1916〔大正5〕年　洛陽堂）扉絵

舞台写真「海彦山彦」1924（大正13）年4月　大国座　守田勘弥、沢村宗之助

ルクマンよりも家を出る息子に共感を示す反応であった。有三も実際に観劇したが、ともかくも新しい演劇がおこることを感じて興奮したと後に述べている。

いうまでもなく森鷗外と夏目漱石は、次の世代の作家たちには非常に大きな存在であった。有三は、文学において誰に私淑したというような経歴は持たず、若い頃より反文壇的な傾向があった。だが、後には、鷗外（特に翻訳）によって新しい文学を知ったと述べているし、また彼が最初の戯曲「穴」（1911年）を発表した『歌舞伎』も、力作「津村教授」（1919年）を発表した『帝国文学』も、鷗外が活躍していた雑誌であった。

鷗外は、当初は雅文など文語調で書くことが多かったが、口語による近代文学の開拓をした作家ということができる。西欧戯曲を翻訳で次々に紹介、アンデルセンの半自伝といわれる「即興詩人」（1902年）など独自な翻案ものも試みた。後年は歴史小説に進み、他が及びがたい多才多作であったが、実験的で客観性を持った作風は、有三が心の師と仰ぐ存在として充分に考えられる。また、戯曲においては、翻案を脱した日本の創作劇という鷗外の世代が設けた目標を、有三の世代が継いだことになる。

有三は、『死の舞踏』（ストリィンドベリィ戯曲、1916〔大正5〕年）など翻訳に力を注いだ後、創作戯曲に専念する。「生命の冠」「嬰児ごろし」（1920年）「坂崎出羽守」（1921年）など、日本の戯曲を彼の時代感覚で書き、舞台に載せた。

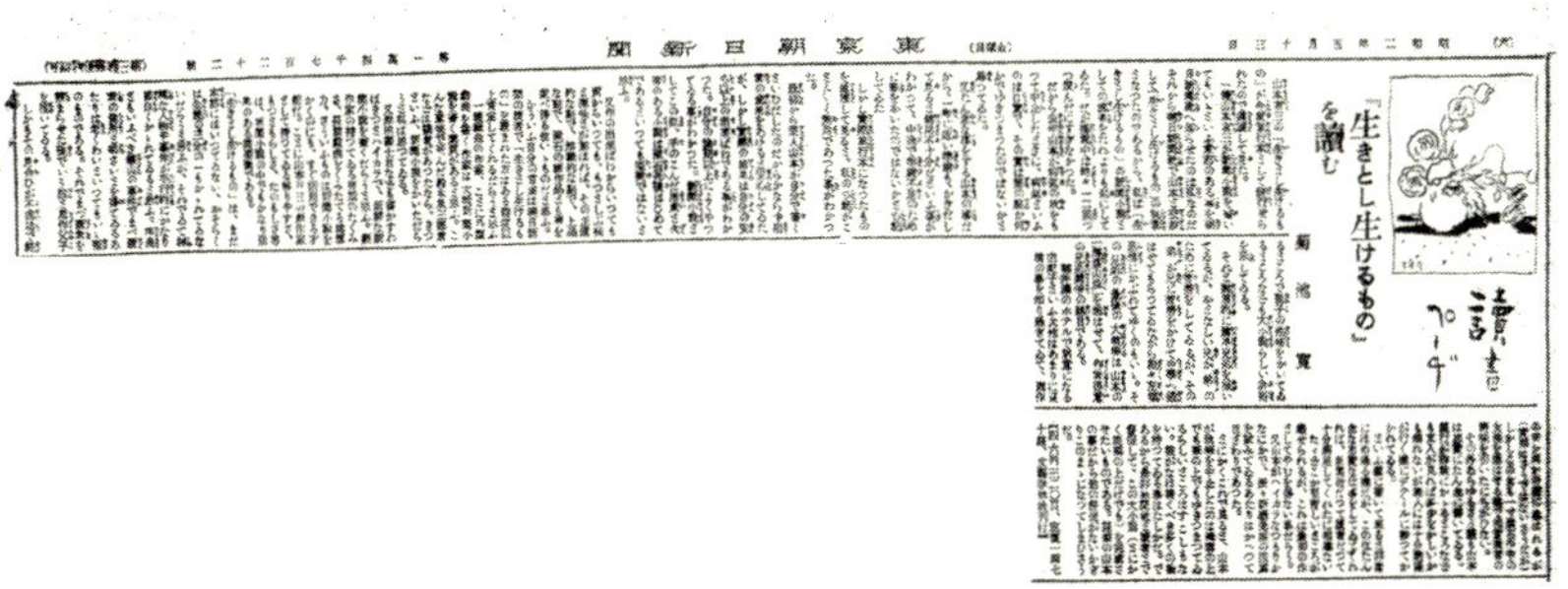

「読書ページ　『生きとし生けるもの』を読む」菊池寛『東京朝日新聞』1927（昭和2）年5月13日朝刊6面

〈漱石を意識した長編小説〉

友人作家が戯曲の次には小説に進んだり、あるいは、戯曲、小説、童話などを平行させて書いた大正期に、有三は、生真面目に創作戯曲に取り組んでいた。大正末になり、慎重に勉強を重ねて、新聞小説を書きはじめることになる。

菊池寛が、当時、朝日新聞社の文芸部長だった土岐善磨に有三のことを強く推薦して、有三の新聞小説が実現した。最初の連載小説「生きとし生けるもの」（『朝日新聞』大正15年9月25日～12月7日）は、健康上の理由や筋の展開が広がりすぎたためもあり未完のまま連載が打ち切られた。だが、親友であり新聞小説では先輩だった菊池は、内容的にはかなりの出来ばえだったと評している。「生きとし生けるもの」が単行本となる時の推薦文では、菊池は有三の作品を夏目漱石の跡を継ぐ準備のある小説と言っている。

長編戯曲を書くことのできる者は、構成力によって連載小説を書けると菊池は考えた。また、台詞によって読者を引きつけることができるとも言うが、ただ、新聞連載小説には有効な方法論ではなかったろうか。有三は、本来的に大衆小説だった新聞連載小説に、純文学の要素を持ち込もうとしたことでは漱石の跡を行くものだったかも知れず、小説家の先輩として意識していたことはあったであろう。だが、漱石のような作家の自己の内面を描くことにおける集中力を、どの程度において学ぼうとしていたかは定かではない。

2 大震災の体験と物語への関心

『途上』（感想小品叢書）山本有三著　1926（大正15）年　新潮社　収録作品「坐り」「途上」「その日から翌朝まで」「大地」ほか

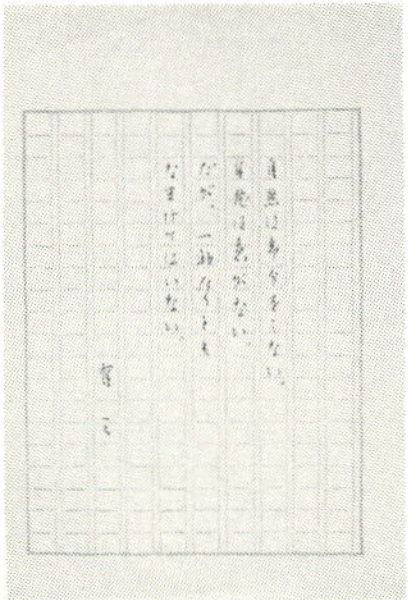

原稿「自然は命令をしない」　有三専用原稿用紙1枚、インク
「自然は命令をしない。自然は急がない。だが、一秒たりとも　なまけてはいない。有三」大震災を体験した有三が生涯にわたり育んでいた自然観

作品数は多いとは言えない有三に、評論・エッセイなどの雑文は、130篇が全集に収録されている。演劇関係の事柄や国語や文化を論じるものが多く、身辺の出来事が書かれたものは少ない。個人的なことをあからさまに書くことには、羞恥を覚えた人だった。

有三が大震災直後に書いた「その日から翌朝まで」（『改造』1923（大正12）年10月）は、小説までの創作の跡はないが、レポート的な体験記ではなく完成度のある随筆である。だが、若妻のことを書いた鷗外の小説「半日」（1909年）と比べても、家庭で遭遇したことながら大震災という天災にして社会的な事件が書かれていて独自である。有三は、誰にとっても共通体験である出来事を「その日から翌朝まで」に書いた。

余震と延焼を恐れて貴重品を持ち出そうとして、「――いざとなると、どの本もどの本も重要でないのに今さら驚いた。」と有三は書いて「辞書類を少し」出した。彼は、百科辞典から知識を得て津波の心配から開放されていた。辞典類は、学問や知識の集約であり、実際に役にたつ情報集である。そのように役立つ日がくるような知識や教訓を内在させた出来事の凝縮としての本、物語が、作家有三の目標として、この時意識されなかったろうか。物語も、基本的には口頭で語られるものであり、戯曲を台詞で構成することと通底する。自己の体験や心境をリアルタイムに描写することから創作に入るいわゆる近代小説も、現代国語による表現を生むだろう。だが、個人的とは限らない事件や虚構の物語としての有三文学は、エッセイからリアルな言語表現を体験していたと考えられる。

◆二章◆　東京圏の小説

山本有三はいかに生きるかを作品に書いたと言われる。小説中の人物は、大自然や伝統のなかで生きるのではなく、都会や文明社会の中に放り出されている。首都のなかの故郷喪失者であるからこそ、いかに生きるかの思想や哲学を求めないではいられないともいえる。今と明日をリアルタイムに模索するのが、有三の文学であり社会意識だった。

「波」－波に吠える犬－　挿絵原画　田辺至　紙本・墨・軸
掲載『朝日新聞』１９２８〔昭和3〕年11月15日〔118〕

1 社会意識

有三におけるいかに生きるかの主題と現代国語観

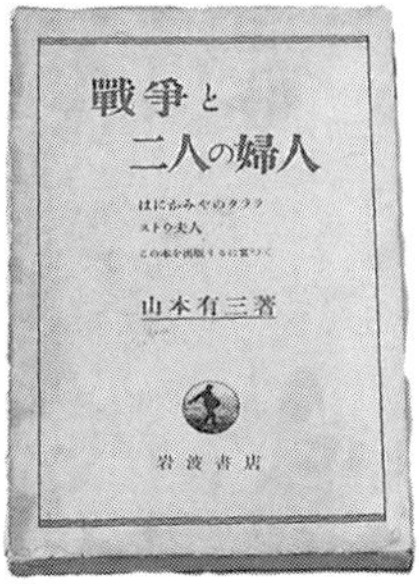

『戦争と二人の婦人』 1938（昭和13）年 岩波書店
「はにかみやのクララ」「ストウ夫人」をまとめたもので、ふりがなが無くても読める漢字で書くことの提唱と実践になっている。

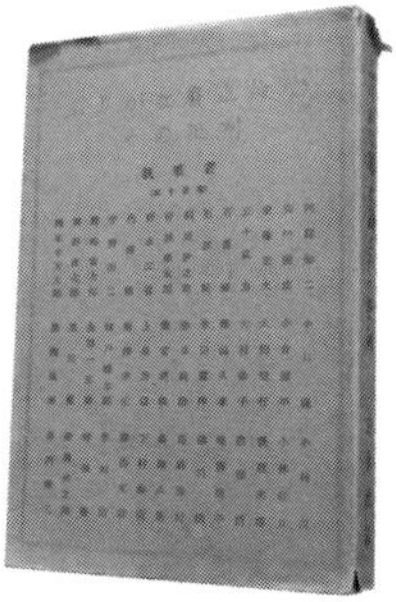

『ふりがな廃止論とその批判』 白水社編 1938（昭和13）年
当時の刊行物に非常に多かったルビをやめようという有三の提唱には、多くの賛否両論がおきた。

社会の矛盾、例えば、階級差など様々な不平等や人道に反することなどを、あばいたり抗議することで裁こうと有三は、考えていたわけではない。彼は、人間社会を、自然の摂理や宿命によりどうにもなりがたいものとして描きがちである。小説「波」「風」「女の一生」などをみても、結末で宿命に打ち勝つ正義があらわれるわけでも未来が輝くというわけでもない。ただ、有三は思想の実現を望む生真面目さが強かった。作中人物の生き方に、同時代的な理念として、平等主義や女性の社会進出の課題などを持たせ、安易に諦念に到るような設定にはしていないことにそれはあらわれている。

だが、彼の合理的解決を望む志向をよく示すのは、国語改良に対する熱意である。つまり、言葉による創作に携わる者として、国語を、表現や伝達のための身近な道具と西洋流に考えた。作家こそ、気儘に国語を使うのではなく、万人が使いこなせる現代国語の実現に尽力しなくてはならないという持論と実践とは、反書斎派としての作家有三の社会意識の端的なあらわれであったろう。よって、彼の作品をたどっていくことで明らかにうかがえるのは、平易な話し言葉による作品表現の軌跡である。

有三が、作品発表において挿絵を重用し、さらには映画化を許したのは、文学への固執を超えて「表現・伝達」を重視した作家だったからだろう。作家が、平易な現代国語の実現に尽くすことは、特異なことである。彼は、ただ小説家だったのではなく、劇作家でもあり舞台監督でもあった。そして家庭人であり社会人として表現に従事した人なのである。

2　「生きとし生けるもの」から「濁流　雑談　近衛文麿」までの小説

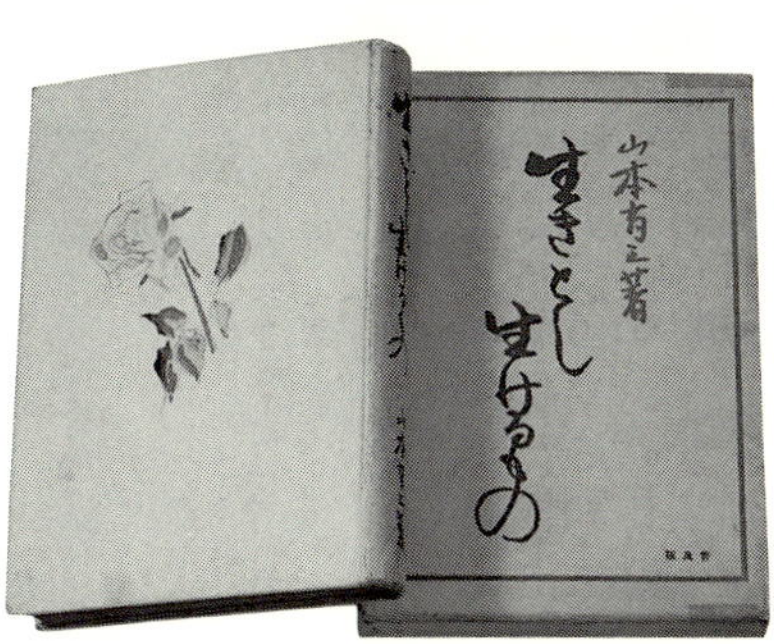

『生きとし生けるもの』木下孝則装幀　1927（昭和2）年初版、昭和14年版　文藝春秋社

〈長編小説〉

「生きとし生けるもの」『朝日新聞』大正15年9月25日～12月7日未完　挿絵　木下孝則／田中良

石炭を掘り出す採炭夫の子として生まれた曽根周作は、やがて暗い坑道から這い出して鉱業会社の社長となり実業家として成功する。その息子夏樹は、恵まれた環境で成年し独立する。同世代の給仕あがりの会社員の生活や、それぞれの男女の出会いなどを描く。（発達していく資本主義社会の矛盾などを描いて構想は広がったが、病気や創作ノートの盗難などにより未完に終わる。）

「波」『朝日新聞』昭和3年7月20日～11月22日　挿絵　田辺　至

小学校教師見並行介は、教え子のきぬ子が、芸者に売られたのをかばってやがて結婚する。だが、彼女は、医学生と家出事件を起こし、その後、病死する。行介は、残された息子駿が自分の子供ではないのではないかと懐疑しつづけ、駿を預けた先の野々宮姉妹との温かい交流にも虚しく、癒されることがない。小学生になった駿に、行介は、自分と同じ足の遺伝性の病気を見出して、自分の実の子であった証と一時は感激するが、実際には別の小児性の病気であった。子供は誰の子でもなく、学校や社会の子だと行介は思う。成長する息子も思春期をむかえ、行介はただ繰り返される人間の営みを感じる。

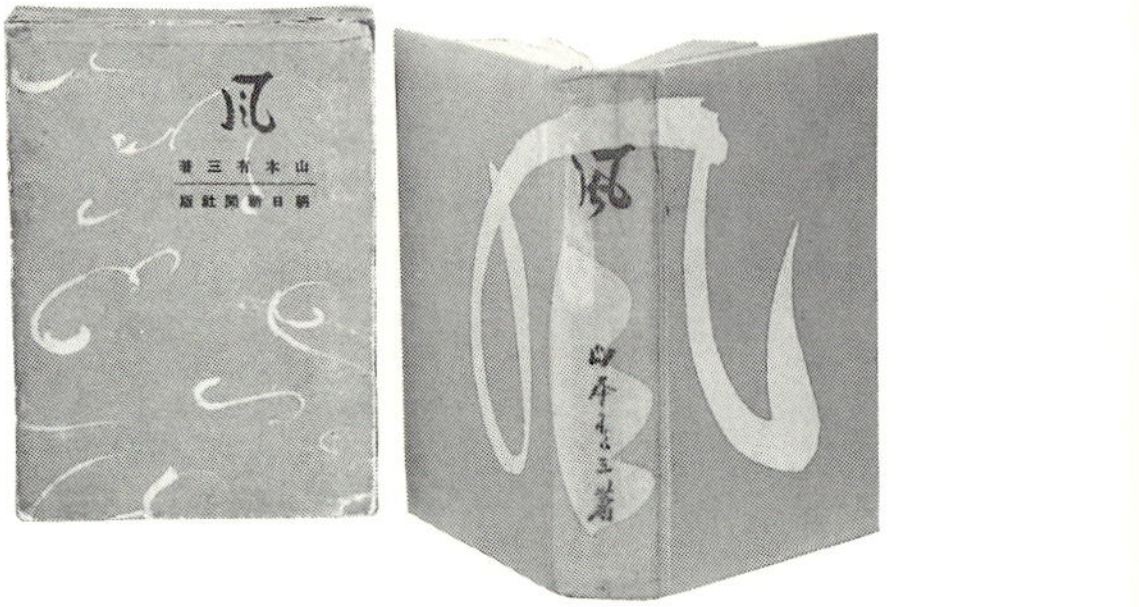

『風』川端龍子挿絵・装幀
1932（昭和7）年　朝日新聞社

『女の一生』中村研一装幀
1933（昭和8）年　中央公論社

「風」『朝日新聞』昭和5年10月26日〜6年3月25日　挿絵　川端龍子

荻窪郊外で起きたある変死事件から物語は始まる。相楽素子は、裕福な家の娘であったが、思想運動家の陶川と同棲しているため、家政婦として、小布施家に働きに出ている。そこで、恵まれた者と、貧しく弱い者の立場を、目のあたりに見ることになる。小布施家の主人の弟譲司は、好紳士であったが職に就かずにいた。実は彼は、癲癇性の発作を持っていて、殺人事件を起こしたのだが、精神病のため記憶もないし責任もないことになる。思想犯として警察に追われ、外国へ逃げた陶川の子供を身ごもった素子は、苦悩しながらも出産しようと決意する。（作中、陶川の体験として、新兵教育の場面があり、それが軍隊批判と見なされ、有三が、東京憲兵隊に呼び出されるという事件があった。）

注：有三の小説では連載中は滅多に実在しない人物名が用いられ、刊本で平易に変更される事がある。例えば、「風」の「素子」は「もと子」、「陶川」は「瀬川」となる。

「女の一生」『朝日新聞』昭和7年10月20日〜8年6月6日中断　挿絵　中村研一

御木允子は、結婚に懐疑的になり、医学専門学校に通い始める。彼女は、高等学校教師、公荘徹爾と付き合い始め、やがて彼の子を出産する。徹爾の病妻が亡くなったので、二人は結婚する。允子は医師を辞職してごく普通の家庭生活がつづき、郊外に家も新築した。だが、成長した息子は左翼思想に傾倒し、夫徹爾は病死する。ひとりになった允子は、医師の看板を出すようになる。（連載中、有三は、共産党にカンパをした疑いで検挙され、中絶される。後、書き足されて単行本となった。）

「真実一路」『主婦之友』1935（昭和10）年6月　近藤浩一路画

『中学生名作文庫　映画物語　路傍の石』1960（昭和35）年　学習研究社―東宝映画を扱う。新藤兼人脚本、久松静児監督―

「真実一路」　『主婦之友』昭和10年1月〜11年9月　挿絵　近藤浩一路

病死した愛人の子供を身ごもっていた睦子は、父にすすめられ、守川義平という律儀な男と一緒になる。睦子は、志津子を出産し、やがて義平との間にも義夫が生まれる。だが、睦子は親切な夫義平がかえってうとましくて家を出る。成長した志津子や義平の弟素香は、母が不在の小学生の義夫のために、カフェーを経営する睦子に、もどってくるように説得をする。義平は病死し、睦子は、義夫に対する母性愛から、一旦は家庭に入る。だが、どうしても我が子としっくりいかず、睦子は、やがて家を出てついには愛人の後を追った心中死体で発見される。義夫は、最初から睦子を母親とは思わず、どこかに本当の母親がいるように思う。運動会で5年生が勝つための作戦があったが、義夫は全力疾走する。

「路傍の石」　『朝日新聞』昭和12年1月1日〜6月18日　挿絵　和田三造

（「新篇　路傍の石」『主婦之友』昭和13年11月〜15年7月未完　挿絵　和田三造）

愛川吾一の家は、旧家であったが、父は土地訴訟にうき身をやつし、母は内職に明け暮れていた。負けん気が強く成績も飛び抜けてよかった吾一であったが、中学校に進学することができず、呉服屋に奉公に出され、やがて働き詰めであった母を亡くす。呉服屋を逃れて上京した吾一は、様々な人と職に出会った後、印刷屋に入って苦学する。（逆境を跳ね返して生き抜く少年像を描いて好評であったが、社会主義の青年が登場することが問題となり、『朝日新聞』から『主婦之友』に場を変えても、結局は検閲干渉の激しさのため中絶した。）

◆そうではなかった自分——代表作「路傍の石」の吾一

進学と進路は、職業選択が自由になった近代以降における一生の重大事である。その自由を前提とした能力主義のジレンマを、「路傍の石」は主要な主題としている。

山本有三は、彼の時代における貧富の差に着目した作家だった。「新篇　路傍の石」冒頭には、主人公の愛川吾一がおやつに焼き芋を食べることさえままならない状況が書かれている。また、中学校が小さな町にも建設されて多くの児童に進学の道が開かれる時代背景がある。ただ、学力のある児童よりも、富裕層の子弟が入学する実態があった。

作中の高等小学校の休憩時間では、子供たちは、にわかに身近になった進学問題について論議する。「──なに商売にも役に立たねえってさ。」という材木屋の京造の言葉に対して、家の経済状態を知りながらも向学心のある吾一は「立つか、立たねえかは、やってみなくっちゃわかんねえよ。」と言う。後の映画「路傍の石」では、吾一は「おらあ、行く」と言い切るが、小学校卒業後には呉服屋に奉公にだされる筋運びは小説と同様である。小説中の吾一は、やがて正規の中学ではなく、商業学校の夜学に通うことになる。

だが、作者有三といえば、誇り高い旧士族の出身で依怙地なほどの真面目な性格や、一時的な呉服屋奉公の経験に作中の吾一と接点があることはあるが、

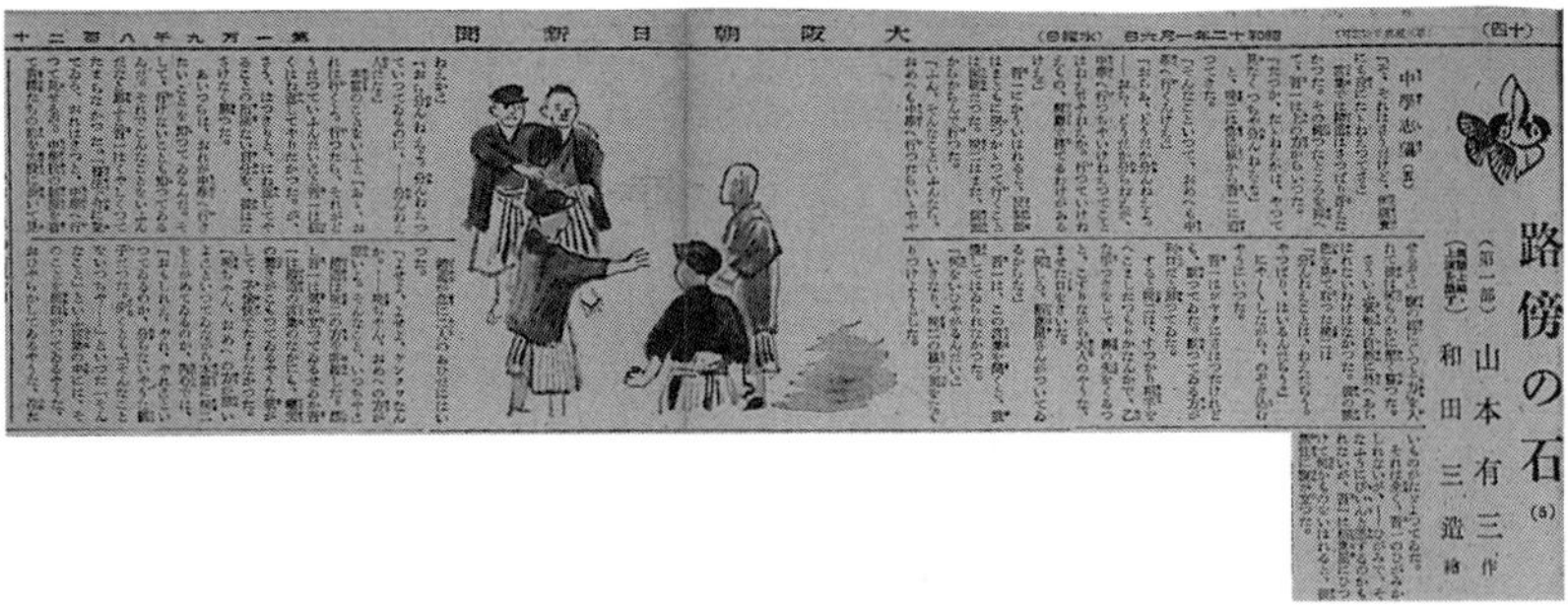
路傍の石 (5)
山本有三作
和田三造画
中學志望（五）
大阪朝日新聞

「路傍の石」(5) 中学志望（五）　和田三造画　『朝日新聞』1937（昭和 12）年 1 月 6 日

さほどに逆境や底辺に生きた人ではない。有三は、お伽話の本も少年雑誌もあり、母親は芝居好きという中流の家庭に育ち、吾一には投影されていない文学的資質もあった。また、家業を継ぐための修行として、地元ではなく、東京浅草の老舗へ修行にだされたが、結局は、進学に有利な都内の東京中学へ入学した。父親の死去により学業継続が危うくなった事もあったが、本人が家業の整理をしてみると学費に相当するものが残されていた。念願叶った彼は、東京帝国大学でドイツ文学を専攻して劇作家として世にでるという、結果的には非常に恵まれたコースに乗り、良い文学仲間を持つことができた。

虚構の巧みさなら、有三においては調査と観察から生まれたレトロでリアルな作風、多くの人が体験的にもっともらしく感じる人物や場面の造型が見直されるであろう。ただ、小説が自分を表現しつつ人間の普遍的な問題をあらわす芸術であるなら、有三文学には「そうではなかった自分」として「作家の負の自己」を読み解く鑑賞が成り立つ。有三の「女の一生」の允子は地方出身で高学歴の都会人としては作家と接点はある。だが、女性ではないために孤独な余生に陥ることのない作者、女性の実態には直接係わっていない作家の立場は明らかである。同じく「路傍の石」からは、不遇の作用を過大に受ける主人公吾一に対して、むしろ、決定的な不運とは縁が薄い帝国大学出身の作家の姿が透けてみえるのである。彼にとっての創作とは、悲運や宿命の追求をしながら結果的には自らの幸いを確認するある種の厄落しだった、とみれば何やら厭味な作家だったことになる。

だが、読者、おおかれすくなかれの運不運を抱えた人間の読書体験には、自己（読者）と共通点を持ちながらもひどく運命に弄ばれる主人公によって「それほど不運ではなかった自分」を認識することがないだろうか。自分が悲劇の主人公になりきるカタルシスではなく、文学鑑賞のクールな一面である。そういう読者と同じ地平にいて、知性で書く有三の姿が浮かんでくる。他者へのまなざしも事実や真実の追求もあるが、虚構だから楽しめる小説の在り方は良心的とも言える。そういう意味で、語り手有三に共感しながらの鑑賞は、時代を経るにつれてよりあり得るような気がする。

（品川洋子）

『短編集　瘤』　近藤浩一路装幀
1935（昭和10）年　改造社

『山本有三自選集』　伊藤憲治装幀
1967（昭和42）年　集英社
「子役」「ふしゃくしんみょう」「こぶ」「無事の人」戯曲「同志の人々」随筆「道しるべ」ほか

〈短中編小説・物語〉

有三の短中編小説・物語は、10編が全集収録されている。短中編には、現代や東京首都圏を描いたのではない作品もあるが、長編同様に有三の時代の視点から書かれリアルな作風が中心である。児童書や各種文学全集に採録されている作品も少なくない。また、後年に有三が自選集に入れたのは、長編ではなく、「無事の人」をはじめとする短中編小説であった。あえて3期にわけて考えてみる。

前期は初期の試作的なものも含む。教訓性を持つ「ふしゃくしんみょう」「こぶ」などに加え、「子役」など自分の劇作家としての体験を長い時間をかけて暖めて虚構化した作品にも、現実社会への問題提起が含まれていて興味深い。

中期は、児童書編纂に関心を持っていた頃の伝記物語二作品（『戦争と二人の婦人』として1928年に上梓された）である。同時期の『日本少国民文庫』シリーズは共著や共同編集が多いために個人全集には採られていない。だが、今日でも有三著としてだされている『日本少国民文庫巻12　心に太陽を持て』（1935年）中の「唇に歌を持て」「フリードリヒ大王と風車小屋」なども見逃せない小品である。

後期は、有三が知識人としての自分もしくは分身の立場で書こうとする傾向がある。しかしながら自分のことに焦点があるのではなく、やはり他者を扱っている。「無事の人」では元大工の按摩の為さんの告白的な語りを聞くことから構成され、「濁流　雑談　近衛文麿」は大戦直前の総裁近衛公爵についての伝記的な物語が試みられている。

『無事　名作自選日本現代文学館』
有三題字　白井晟一装幀
「子役」「こぶ」「無事の人」戯曲「ウミヒコヤマヒコ」ほか

〈前期〉

「兄弟」　初出『新小説』１９２２（大正11）年10月

「雪―シナリオの形を借りて―」　初出『女性』１９２５（大正14）年３月

「子役」　初出「子役」『改造』１９３１（昭和６）年12月

「チョコレート」　初出『改造』１９３１（昭和６）年12月

「ふしゃくしんみょう」　初出「不惜身命」『キング』１９３４（昭和９）年１月、３月

「こぶ」　初出「瘤」『改造』１９３４（昭和９）年12月

〈中期〉

「はにかみやのクララ」　初出『主婦之友』１９３７（昭和12）年１月～３月

「ストウ夫人」　初出『主婦之友』１９３８（昭和13）年１月～３月

〈後期〉

「無事の人」　初出『新潮』１９４９（昭和24）年４月

「濁流　雑談　近衛文麿」　初出「濁流―エピソード」『毎日新聞』１９７３（昭和48）年４月４日～５月31日／「濁流―続エピソード」『毎日新聞』１９７４（昭和49）年３月１日～３月11日（未完）

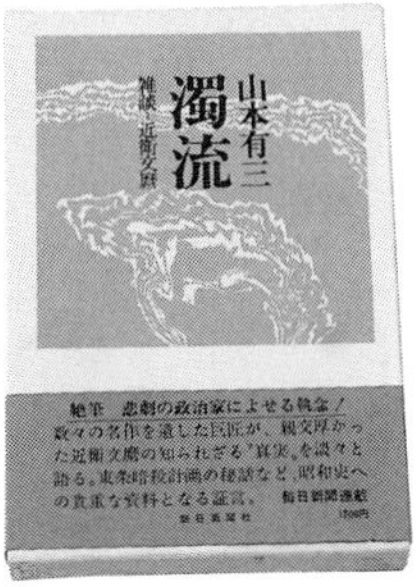

『濁流　雑談　近衛文麿』熊谷博人装幀　1974（昭和49）年5月　毎日新聞社

〈「濁流　雑談　近衛文麿」に集約される有三文学〉

戦争責任を追及されて自害し悲劇の首相と言われた近衛文麿とは、有三は一高時代に同級生だった。大正後期あたりから交際が再開し、有三は近衛ブレーンと言われるようになる。彼のことを擁護する意味で調査を重ねに重ね、小説の準備をして、36年ぶりに新聞連載小説として「濁流　雑談　近衛文麿」は発表された。だが、有三も高齢になっていて力尽き中編ほどの作品で終わった。

有三は、作中に長い語り部分を入れたり作者が顔をだす部分は設けることがあったが、生涯において三人称の「である体」で書いてきた。それが、「わたしのような者には、雑談ぐらいしかできません。」と気楽な雑談の形でとは言っても、最晩年になって一人称で語りはじめたのである。実話小説として素材を練りに練って書きはじめたその意欲には驚かされる。現代国語、口頭語、会話体にこだわりながら長く創作してきた成果である。舟橋聖一（「脱論理と『濁流』」『風景』1973年7月）は、この作品について「語り口の間が、小説を沢山書いた人でなければ書けない芸になってゐる」「山本さんは相当強烈な戦争批判者であったことが」わかると述べている。

また、実際の友人を主人公にした作品として、自分と接点のある素材や他者を取材して創作する有三の方法の最たるものである。近衛の生い立ちまで書かれずに終わったことが惜しまれるが、彼の仕事の集大成であったはずであることは、伝わってくる。

◆三章◆

転機と児童書

「新篇　路傍の石　―口絵のかはりに」和田三造画　『主婦之友』1938〔昭和 13〕年 11 月　一銭銅貨で焼き芋を買う吾一

1 児童書コレクション

有三の旧居である記念館には、彼が幼い頃から持っていた児童書が元となっているであろう明治・大正期の児童書コレクションがある。児童書は、戦中の〝ミタカ少国民文庫〟の頃に集めて活用し、また小学校へ寄附などしたが、その後にも手元に残したものなどが伝わったと考えられる。

児童書コレクションは、巖谷小波（1870〔明治3〕年〜1933〔昭和8〕年）の著書が大半を占めている。小波は、叢書『少年文学』（1891〔明治24〕年）の第1編として「こがね丸」を出して少年文学の祖といわれ、近代のお伽話、児童劇、口演童話などにつぎつぎに先鞭を付け幅広く活躍した人である。

明治20年生まれの有三は、明治後期にまさに小波文学を享受した世代であった。だが、有三は大正期の鈴木三重吉主宰『赤い鳥』（1918年創刊）などの童話運動に係わることはなかった。友人である第三次『新思潮』の作家、菊池寛、豊島与志雄、芥川龍之介、久米正雄などは童話雑誌に寄稿し、ファンタジー豊かな作品も残した。だが、有三は、じっくりと創作戯曲を書いていた。

ただ、彼は少年時代に読んだ巖谷小波を忘れずにいたのではないだろうか。有三は、児童書編纂や説話採取、再話、そして教訓性などにおいて小波から学び、彼なりに、文学を通じての啓蒙や教育を模索したのではないだろうか。

『桃太郎（日本昔噺1）』巖谷小波　富岡永洗画　1894（明治27）年　博文館

『少年世界』創刊号　1895（明治28）年　博文館

2 児童叢書の隆盛

創作童話・童謡の運動に加わった作家たちは、自分たちの創作を含めた児童文学の叢書を編集しはじめる。

有三は、エッセイ「小学読本と童話読本」（『文藝春秋』1926（大正15）年1月）では、菊池編纂の『小学童話読本』を内容と共に表紙・挿絵（田中良）をほめていて、「明るくって、上品で、」と言っている。学齢前の長男のために本を選ぶ立場で書いているが、有三の児童書観が伝わる文章である。

1927（昭和2）年には、北原白秋が中心の『日本児童文庫』全76巻（アルス）と、菊池寛が中心に編纂した『小学生全集』全88巻（興文社、文藝春秋社）が競い合って刊行された。有三は、これらも参考にはしていたはずであるが、特に批評は残していない。これらの叢書には、大衆に児童書が普及していく一つの過程がみられる。内容、装幀などにおいて叢書として資料的価値を持つ巻もあり、楽しさあふれる本造りでもあるが、大量印刷・販売の時代を反映している面もうかがえるのである。

『小学童話読本』菊池寛編　田中良画　1926（大正15）年　興文社

『日本児童文庫23　日本童謡集』北原白秋編　恩地孝四郎装幀　石井了介口絵挿絵

『小学生全集巻2　幼年童話集（下）』菊池寛編　竹久夢二表紙・見返し・扉

3 『日本少国民文庫』と有三の転機

有三がはじめて児童向きの仕事をしたのは、『日本少国民文庫』全16巻（新潮社）の編纂であり、1935（昭和10）年であった。彼の作品には子供が登場するものが多く、また、戯曲「ウミヒコヤマヒコ」（『女性』1923（大正12）年8月）は、後に多くの児童書に収録されることになる。だが、この作品も児童劇として発表されたわけではない。

彼は作家よりも厳しい選者として児童文学に係わったと言えそうである。どういうわけか『日本少国民文庫』にも自分の創作を入れてなく、自作は随筆「一人一回限り」（1923年）「坐り」（1925年）を、『日本少国民文庫巻5　君たちはどう生きるか』（吉野源三郎と共著）に入れた。あとは他のスタッフと共に逸話採取や編纂に携わったのである。

山本有三著『日本少国民文庫巻12　心に太陽を持て』（1935年）の序文「この本を読むみなさんに」では、「面白い本」を提供しようという意欲と、子供と大人の間にいる人達に「あなた方の若さと、あなた方の真理を愛する心」が世の中の問題を解決していくのだという呼びかけがある。だが、『日本少国民文庫巻16　日本名作選』（1936年）の前書きでは、「皆さん方のために書かれた文章が、世の中にはどうしてこんなに少ないのかと、腹立たしい気持」がすると述べる。有三の独自な観点が潜む言葉である。

＊

有三が大正末に戯曲から連載小説家へ転身したことについては、平行して戯曲も書かれていたため、主力が小説に注がれるようになったと把握される。有三は、作者が表現した

『日本少国民文庫巻12　心に太陽を持て』山本有三著　恩地孝四郎装幀　1935（昭和10）年　新潮社

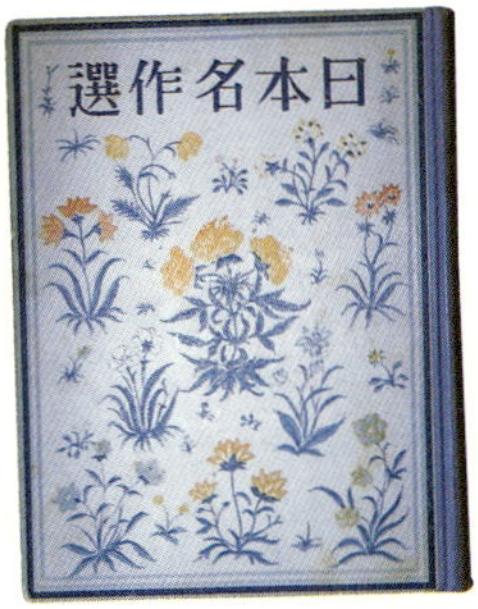

『日本少国民文庫巻16　日本名作選』山本有三編　恩地孝四郎装幀　1936（昭和11）年　新潮社

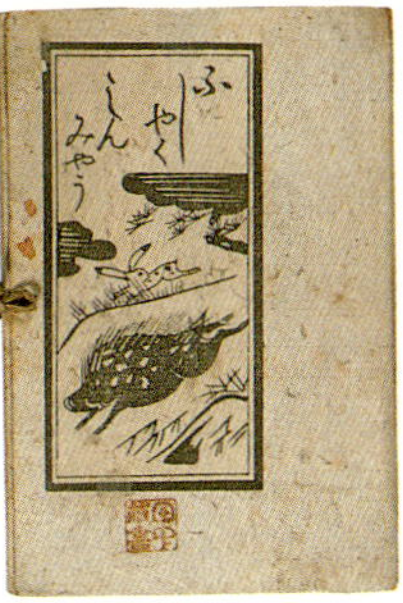

『改訂　不惜身命（ふしゃくしんみょう）』山本有三著　山村耕花絵　安藤芳瑞書　1939（昭和14）年　創元社
昭和9年発表の作品を平易な表記で書き直すことに挑戦したもの

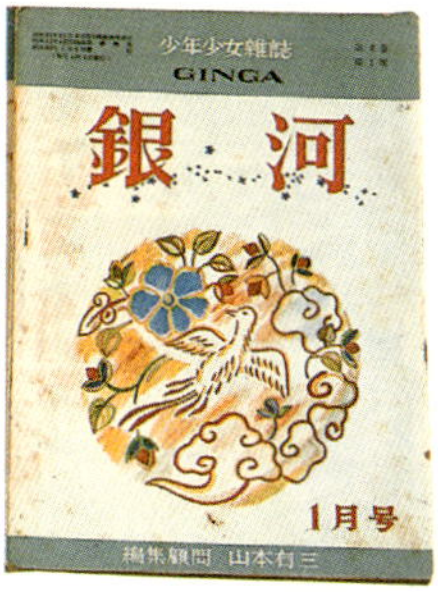

『銀河』1947（昭和22）年1月
山本有三監修
有三著「雪待ちの竹」収録

いものをあらわすのに、素材によって戯曲でなくてはならない、小説でなくてはならないということはないはずだという考え方でもあった。

だが、『朝日新聞』に近代人としての生き方をテーマに書いていた彼が、小説「真実一路」を発表する時『主婦之友』（1935―6（昭和10―11）年）に場を移し家庭小説的な作風に入ったのは、時代的な思想弾圧がそれ以前の有三作品にも及んだことが係わっていると考えられる。「真実一路」発表中に三鷹に移転し、翌年には「路傍の石」をまた『朝日新聞』に発表しはじめるが、やはり『主婦之友』に「新篇」として書き直して書き継ごうとするほかなかった。それでも、結局は検閲干渉のために途中で筆を折るのである。

作家活動と同時に、1938年頃には国語の平易化としてふりがながなくても読める漢字だけを使う試みを始めるなど、ますます教育的作家のように言われるようになる。そして、家庭小説風にでも彼にとっての現代が書きにくくなった有三は、戦中には、自宅でミタカ少国民文庫を開き、維新の時代に取材した戯曲「米百俵」を書いて人材育成を説く。この戯曲にも教育問題が取り上げられてはいるが、一般向けの作品である。

つまり有三は、児童を意識はしてみるものの、万人のための文学の読者のなかに児童もいるという啓蒙的な文学観に落ちついたのではないだろうか。後に雑誌『銀河』を創刊（1946（昭和21）年）したり国語教科書を編纂した時にも、モラルや理想は強く打ち出すが、児童のための文学ジャンルに深く係わったわけではない。

有三が児童書編纂に進んだのは、生来の啓蒙精神からであり、それで彼のレパートリィーは広がった。また、時代的な事情が絡んでいたこともうかがえるのである。

4 経済・食料事情の記述 その集約としての「米百表」

「生きとし生けるもの　11夏樹二」木下孝則挿絵『東京朝日新聞』1926（正15）年10月5日

舞台写真「米百俵」井上正夫主演　1943（昭和18）年6月　東京劇場

有三の作品には、食品がよく登場する。それによって、人物や時代の経済状態や食生活をあらわすと共に、人間心理や生活そのものの基盤を示す鍵としている。

戯曲「津村教授」（1919年）の徹が拾ったウメを齧る場面は、満たされない子供の内面をあらわす。「女親」（初出1914年）は造酒屋を、「生命の冠」（1920年）は蟹缶工場を舞台に商いを中心にモラル観が展開される。「ウミヒコヤマヒコ」（1923年）の食事は、兄弟がそれぞれに採取・狩猟してきたクルミと干した魚である。小説「生きとし生けるもの」（1926年）では、成功者の曾根が友人香取の家を訪問すると、テニスを楽しんだ後に庭で栽培されたブドウがだされる。会社員の精一郎がボーナスが出た日に洋食屋で注文したのは、トンカツとライスカレーである。「波」（1928年）と「新篇　路傍の石」（1938年）の冒頭には、肉屋や焼き芋屋が登場して近代の街に生きる作中人物の生活をあらわす。

大戦中の食料難の最中、戯曲「米百俵」（『主婦之友』1943〔昭和18〕年1―2月）が発表された。有三の経済と食料を結び付ける発想は、もともとが米を貨幣と同等に流通させた伝統によるであろうが、「米百俵」はまさに食料と経済力の両方をあらわす題名である。維新の頃の戊申戦争に破れた長岡藩で、見舞いの米百俵を食料とせずに学校設立に費やす主張をした小林虎三郎の業績が脚色されている。真意のわかりにくさはあるが、厭戦と人材育成の願いが込められた作品である。食料事情や経済を普遍的社会背景として描く有三文学の集約とも言える。時代色がありながら近年にも注目され上演された。

◆四章◆ 山本有三の郊外生活

<黄昏一路>近藤浩一路画　絹本・墨・軸
ー「真実一路」の挿絵の頃に描かれたものかー

1 吉祥寺
——郊外生活の始まり

若い頃の有三は、一高の寮や本郷区森川町の下宿、劇作家の頃にも、同じく本郷区の駒込の借家や芝区など幾度か転居している。比較的都心の方に住んでいたのであった。だが、よりよい住環境を求めて郊外へ移ることになる。

吉祥寺本町4丁目（東京府北多摩郡武蔵野村吉祥寺字野田南一八二〇）に新築した家に転居してからの有三（満38歳）は、閑静な郊外で連載小説を書き、子供たち1男3女は、成蹊学園小学校へ通わせるという生活だった。1926（大正15）年築の家は、和風2階屋であった。東京帝国大学のドイツ文学科の後輩、高橋健二が吉祥寺東町に住んでいたこともあり、親しく交際を続けた。

昭和期には、有三は戯曲よりも小説に力を入れていくことになる。文学の流れは、大正から昭和にかけて、戯曲から小説、散文へと比重の推移があったが、有三もそれに沿うかたちとなった。最初の連載小説「生きとし生けるもの」を病気で中断させるなど、多難な出発ではあったが、次作「波」には小説としての成功があり完結させることもできた。

また、有三は、小説家であると同時に、ラジカルな批評家でもあった。問題提起をしては作家のあり方を探る論客ぶりは、初期の劇評からである。吉祥寺移転の年には、劇作家協会と小説家協会をあわせて文芸家協会を設立した。この前後には、検閲や無断上演などによって作家の権利が脅かされることを、嘆き訴える評論が続く。

1927（昭和2）年には、『文藝春秋』2月号の「徳富蘇峰氏座談会」に、芥川龍之介、

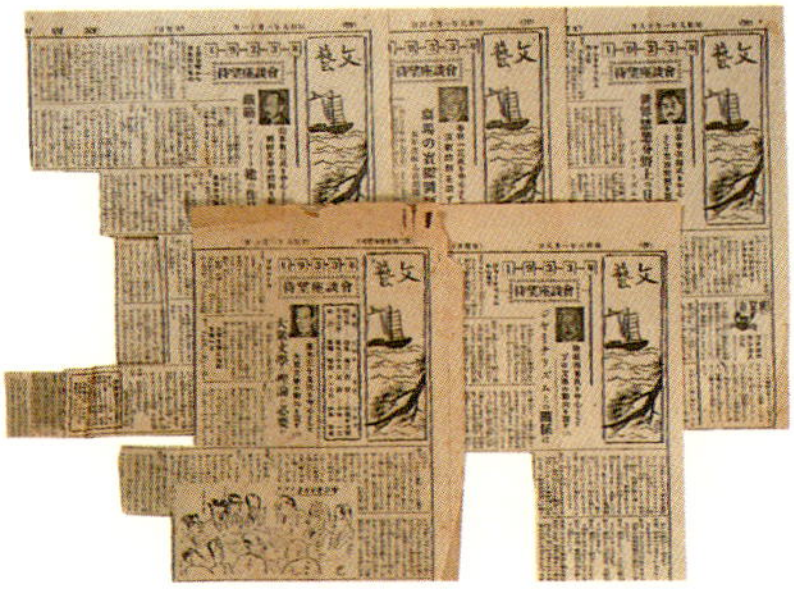

「1933年 待望座談會」『読売新聞』 1933（昭和8）年1月（16回）
有三は、「山本有三氏を中心として純文学の問題を談ず」の記事11日、12日、13日において話している。ほかに直木三十五、小林一三、秋田雨雀ら

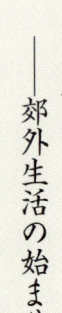

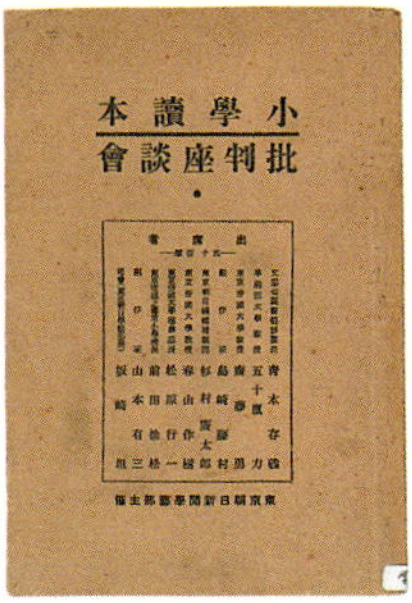

『小學讀本批判座談會』東京朝日新聞学芸部主催　１９３２（昭和7）年　朝日新聞社
小学校の教科書について、有三、島崎藤村、大学教授、小学校校長、朝日新聞関係者、文部省関係者などが、当時の国定教科書改定を機会に開催した討論会

菊池寛と共に出席し座談会の形式の始まりとなったといわれる。『文藝春秋』ほか雑誌では、これ以降に単なる談話筆記ではなく、複数の知識人が対話によって論考する座談会が発達していき、有三もしばしばこの形式で活躍する。

有三は、新聞連載の予告や単行本の序文で、創作に関する心構えなどを述べている。文学論というほどのものは多くはないが、全集未収録の座談会「１９３３年　待望座談會」（『讀賣新聞』昭和8年1月）が興味深い。「山本有三氏を中心として純文学の問題を論ず」（11日、12日、13日）では、有三は、「鉄筋コンクリートの建築を望む」と文学を建築にたとえ、「生活」のある文学とも言っている。

吉祥寺の家での有三家族。左より、母ナカ、妻はな、次女玲子、長男有一、三女鞠子、長女朋子。１９３０（昭和5）年3月頃

2 三鷹
——欧風住居のモダンファミリィ

▲館内階段

▶2階廊下から屋根裏へ上がるためにかけるはしご段

応接間のマントルピース

〈有三にとっての階段のある家〉

山本家の家族構成員が最多となった頃、有三は、子供達が騒いで仕事の邪魔をすることに神経質で、時として「かみなり」を落とす「暴君」だったと言い伝えられている。

それでも有三は、仕事部屋を別に設けたり、別邸を建てたりはしなかった。閑静な広い

三鷹の家での有三

『道しるべ』（戦前の随筆）1948（昭和23）年 実業之日本社
2階に下宿していた受験生の頃の回想「おみおつけ」などがある

庭にて長男有一と有三夫妻

テラス前にて娘達朋子、玲子、鞠子と有三夫妻。愛犬セラー・フォン・バンムドルフ

敷地の洋館に一家で移り住もうということになったのは、1936（昭和11）年の春（有三満48歳）である。「真実一路」を『主婦之友』に連載中で、『日本少国民文庫』（新潮社）シリーズ刊行中であった。

この家は、総2階建てで屋根裏部屋に地下室までの四層になっている。都心から離れた郊外住宅には、生活必需品などの保存・収納スペースが設けられている。それでいて、近代的なコンパクトさもある。つまり、広々とした座敷や離れが続く屋敷ではなく、玄関、ホール、応接間、食堂、台所などユーティリティ、そして、2階の個室というように用途を持つ部屋が集約されている。

作家としては、本の置場に都合がよかっただろうし、凝った建築意匠に想像力をかき立てられたのではないだろうか。ここほど重厚な洋館は小説中にはないが、この家で書いた「路傍の石」中の吾一が下宿する2階は、屋根裏のようで「南と北とに、明かり取りの窓」がある。この家の屋根裏には南北に窓があり、作中表現のような「まっすぐに立って」いる「はしご段」で、登るようにもなっている。

実は、これ以前の有三の小説にも、蔵のある商家、階段のある家、下町の借家など2階屋がよく登場する。「生きとし生けるもの」の精一郎、「波」の行介、「風」のもと子なども2階に下宿している。有三が若い日に観劇したイプセンの「ジョン・ガブリエル・ボルクマン」では、老主人公が2階に引きこもって靴音だけを響かせていた。有三の作中では、孤立する若い登場人物が2階に居住するのである。

有三自身、常に2階を居室にした。いささか生活の場と遮断された階上は、作家に必要な場だろうし、蔵の街栃木に育った彼は階段利用に長けていたのかも知れない。

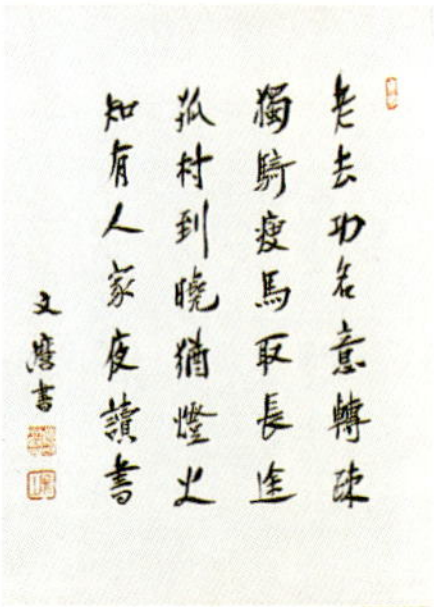
老去功名意轉疎
獨騎痩馬取長途
孤村到暁猶燈火
知有人家夜讀書
文麿書

「老去功名意轉疎」近衛文麿書　紙本・墨・軸
昭和10年代に近衛公爵が有三に贈ったと考えられている

ミタカ少国民文庫　新年会
1943（昭和18）年1月3日
中央有三。有三の挨拶と久留島武彦の童話〝口演〟があったと言われる

〈〝三鷹の家〟の履歴〉

山本有三が住んだ三鷹の家は、奇しくも有三が長編小説に進出した年と同じ大正15年に建てられている。震災後の堅牢な家は、有三作品と同じく変動期を耐えてきた。

区分	年代	事項
別荘主	1926年（大正15）	12月22日、建物が登記される。大正7年よりの土地所有者の実業家が建て主で、別荘として利用したと言われる。
借り主		景気変動のため昭和初期には家は賃貸された。
山本家	1936年（昭和11）	有三が家を購入、吉祥寺の家から一家で移転。登記は2月14日、転入は4月。入居前に2階和室ほか改装された。昭和12年「路傍の石」執筆前に有三は、中野旧陸軍電信隊付近の道端から大きな石を裏庭に運び込む。重さ12トンの〝路傍の石〟は後の有三文庫開設時に正門脇に移される。
	1942年（昭和17）	7月27日〝ミタカ少国民文庫〟を有三が誕生日に開設。戦中で読む本のなくなった子供たちに、土、日の午後、蔵書を開放した。昭和18年1月には新年会を開くが、翌19年2月には文庫を閉じて児童書は三鷹と栃木の小学校へ寄贈される。19年4月から20年9月まで有三は栃木に疎開。
	1945年（昭和20）	12月、安藤正次を迎え、邸内に三鷹国語研究所を設置。
進駐軍	1946年（昭和21）	11月、家は、進駐軍に接収される。有三一家は知人宅を経て、大森の家（現、大田区山王3）に引っ越す。
山本家	1951年（昭和26）	12月、家は接収解除で返還されるが、有三は住まずに、国立国語研究所の分室に提供される。

『竹』（戦後の評論集）1948（昭和23）年 細川書店
「竹」「『銀河』のはじめに」など終戦直後に三鷹で発表した文章などがある

東京都 有三青少年文庫	1956年（昭和31）	9月、有三は昭和28年より湯河原に住んだため、家と土地は東京都に寄附。翌32年に都が所有して整備を進める。
	1958年（昭和33）	東京都立教育研究所三鷹分室、有三青少年文庫となる。有三の願いで児童図書館の水先案内の役割を果たした。
三鷹市 有三青少年文庫	1985年（昭和60）	12月、東京都から三鷹市に移管。都の管轄時は敷地南側の長男宅に保存されていた和室が2階に再び移築される。
	1986年（昭和61）	10月17日、三鷹市有三青少年文庫開設。2階に有三資料展を行う和室と記念室を開室。翌62年有三記念公園として庭園開設、63年「心に太陽を持て」有三顕彰碑建立。
三鷹市 山本有三記念館	1996年（平成8）	11月4日、三鷹市山本有三記念館として再出発。有三に関する展示を主とした事業で文化振興に努め現在に至る。

ミタカの思い出

名誉市民 山本有三

私がミタカ村に越したのは、二・二六事件の直後であった。その翌年に日支事変がおこり、その三年後に、ミタカは町になった。太平洋戦争も、敗戦もミタカの家で迎えた。そういう意味で、ミタカは思い出の深い土地である。私はここで、「新編路傍の石」を書き、「戦争とふたりの婦人」を書き、「米百俵」を書いた。新かなづかい、当用漢字の制定、新憲法の口語化にたずさわったのも、この時代のことである。

しかし、敗戦の翌年、私は家を接収され、侘しいミタカを立ちのかなければならないことになった。私はしばらく他人の家に間借りをしたり、大森に移ったりして、今ではカナガワ県に住んでいる。ミタカが市に昇格したのは、その間のことである。ことしは、その十五周年にあたるというが、もし、家を接収されなかったら、私も市民として、ミタカにとどまっていたことであろう。

ミタカに住んでいたのは、十一年ほどだが、ミタカは私にとって忘れがたい土地である。

「三鷹の思い出」『三鷹市報』1965（昭和40）年11月3日掲載
「ミタカは私にとって忘れがたい土地である。」と有三は結んでいる

◆三鷹の文化の香りと閑静な郊外住宅地のイメージを後世に伝える

井の頭公園のほど近く、緑豊かな玉川上水に面した瀟洒な洋館・山本有三記念館は、郊外住宅地として拓かれた三鷹の面影を今に伝える貴重な文化財だ。この洋館は、大正15年別荘として建てられ、細部にまで行き届いた設計で、この洋館を訪れると、空間の重みとくつろげる雰囲気、三鷹の郊外住宅地としてのすばらしさが実感させられる。

この洋館は、大正15年に建設され、昭和11年から山本有三氏が住む。当時の住まい方を、三女鞠子さんのお話、長女朋子さんの著書『いいものを少し　父　山本有三の事ども』などから整理し、記念館について、有三の生涯における意味とそこでの生活、今後の役割を考えてみた。

有三は、青少年期の多くを栃木の町家で過ごし、22歳で東京に出て東京帝国大学を卒業、戯曲作家として活動、この間は単身者として下宿屋の2階に住んだ。30歳で早稲田大学講師になり、母親ナカを呼び寄せ本郷の貸家に住む。母と女中、それにはな夫人が加わり、長男有一氏が生まれる。大学勤務を優先し、夏休みに戯曲を書く生活。これにあきたらず有三は早稲田大学を辞し文筆に専念する。戯曲作家としての仕事が安定し、長女朋子さんも生まれ、初めて建てたのが吉祥寺の家。有三39歳の時であった。都心から静かさを求め郊外へ、玄関脇に洋風の応接間はつくが、南側の広い縁側が和室をつなぎ、緑豊かな庭に面する日本家屋。有三が細かく注文を出したという。2年後に2階を増築し階段の入り口にはシャッターをつけ、家族生活の中に仕事場を確立した。

吉祥寺の家への引っ越し後、有三は新聞の連載を開始。毎日原稿に追われる生活となる。吉祥寺の家は次第に手狭になり、家の周辺も建て込み、文筆活動には騒がしい状況になっていった。そのような中で、有三は48歳でこの三鷹の洋館を購入。本来は別荘であったために、入居時に日常の住まいとしてかなり改装したと考えられる。

三鷹の家はまさに文筆活動を優先した生活。2階の3室が、文筆活動の場で、和室の書斎、洋室の書斎、書庫。

和室の片隅にはいつも布団が敷かれ、ガラス窓の内側に障子戸があり明るさを調節する。洋室も片隅に一段高く畳が敷かれ休める。書庫では、石井桃子さんが有三の求めに応じてよく調べ物をしていた。風呂も二つあり、有三は気が向くと突然風呂に入ったという。1階の五右衛門風呂は薪で焚いた。有三の執筆の様子が目に浮かぶ。

お客様が来ても、有三は文筆を優先しなかなか会わず、はな夫人はいつもヤキモキしていたとのこと。お客様は、1階の応接間に通され有三と面会。お客様が重なると、ヌックで待っていただく。緑の中を洋館の玄関を入り、暖炉のある玄関脇のヌック、立派な庭に面した応接間へと通される客は、さぞかし家の主人に畏敬の念を抱かざるを得なかったであろう。三鷹の家は有三にとって理想的な文筆活動の場となった。

2階東南の角部屋が長男有一氏の部屋、ベッドとベンチが作り付けられ、勉強机が置かれ、お洒落な子供部屋、長男はとても大事にされる時代であった。2階東側の部屋は和室で、襖で2つに区切られ、南側がはな夫人、北側が入居時9歳の次女玲子さんと7歳の三女鞠子さんの部屋。長女11歳の朋子さんは祖母とともに1階で、高齢の祖母ナカさんの和室と隣りあう南東の洋室を使った。大きな窓のついたアーチが繰り返され、サンルームと呼ばれるほど明るい。三女鞠子さんは、1階の朋子さんの部屋に勉強机を置かせてもらい、この部屋でよく過ごしたという。明るい豪華な洋室は、子供達の人気の場所であった。隣り合う祖母の和室には専用の便所が増設され、母親思いの有三の心遣いが偲ばれる。

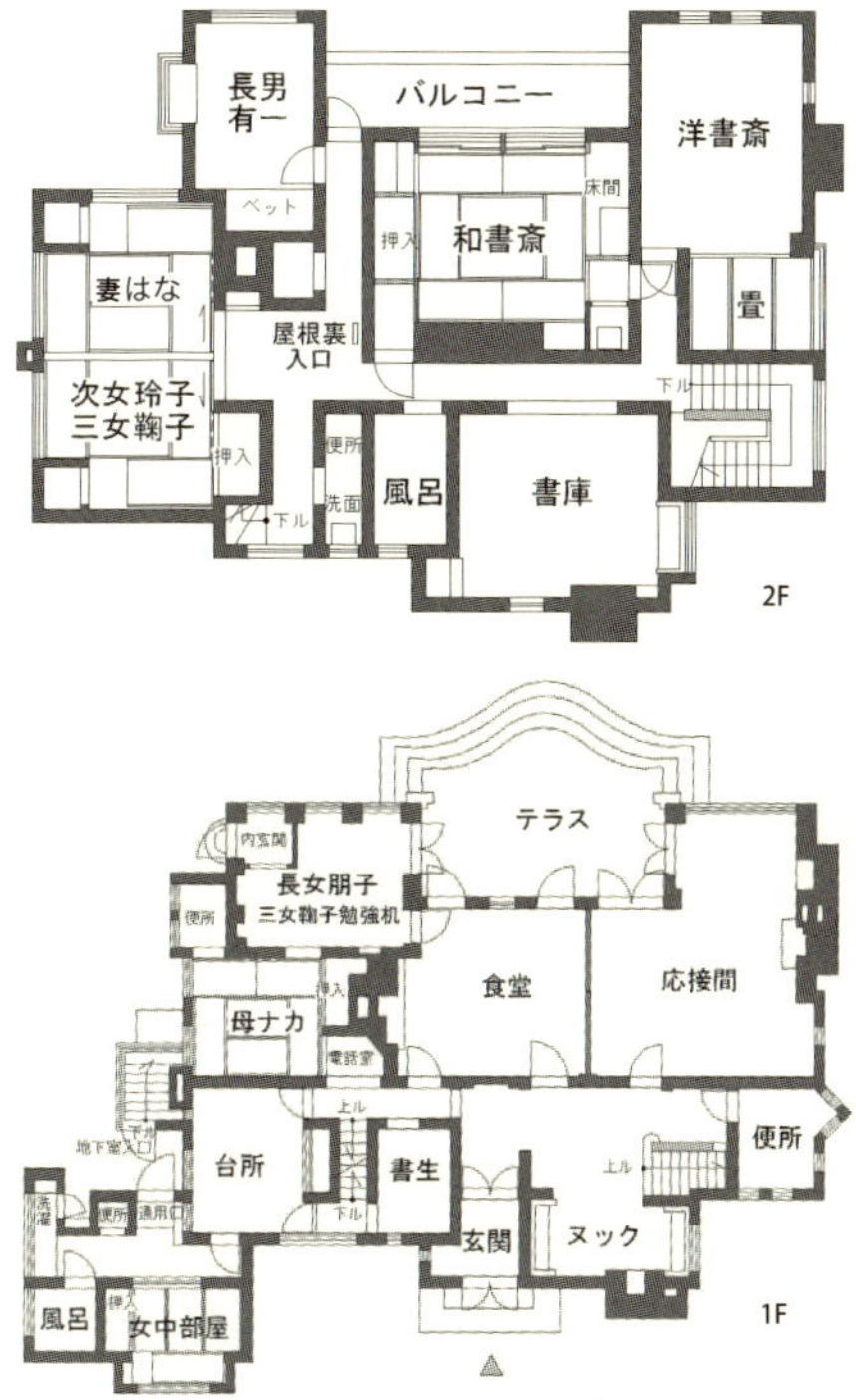

有三とご家族の住まい方：平面図

ご家族は、1階の食堂で食事した。気が向くと有三も加わるが、たいていはお客さんと家族で食事する。吉祥寺の家の食事は畳の部屋、突然に椅子とテーブルの生活に変わった。書斎と大人の寝室は畳を敷き和室とし、日本人としての住みやすさは確保したが、外観は洋風、接客空間、書斎一室と長男長女の部屋、生活の中心となる食事の場は立派な伝統洋室のままとし、生活スタイルも洋風化させた。昭和初期としてはちょっと無理をして洋風生活をおくったのかもしれない。

第二次世界大戦後、日本は住宅と生活スタイルを急激に洋風化させるが、その20年も前に山本家ではこれを象徴する住み方を行った。この洋館は、当時の住み方が明らかで和洋の考え方も明確、昭和初期の郊外での住生活を考える上で貴重な史料と言えよう。

また、三鷹の家に移ってからは、パーティやテラスでの朗読会を開催したり、邸内に児童図書館を開設する。第二次世界大戦後は、三鷹国語研究所を設置、家に社交の場・対外的な役割も求めた。しかし、三鷹の家はＧＨＱに接収され、有三に返還されたのは66歳になってから。ご自身は湯河原に住んで三鷹にはもどらなかった。

有三氏の三鷹の家は、東京都立教育研究所三鷹分室、児童図書館の草分け有三青少年文庫を経て、10年前に三鷹市山本有三記念館となった。建設されて80年になるこの洋館は、他の洋館が次々と姿を消す中で文化財としての希少価値を高めつつある。同時に、文化財はその時々に役割を変え、その時代にあった活用がなされなければ存続できない。この10年間の山本有三に関する研究と展示、講演会や屋外朗読会など三鷹市のご苦労を高く評価するとともに、今後はさらに、有三氏の意志を超えて自由に記念館を社会的に活用してもらいたい。多くの人がこの洋館に接することにより、三鷹が文化の香り高き閑静な住宅地として拓けたこと、山本有三はじめ多くの文化人が三鷹を愛し住んでいたこと、昭和初期にすでに生活スタイルにも西洋への憧れと日本文化を融合させる努力が始められていたこと等々、この三鷹の記念館は多くのことを後世に発信し続けていく。

（友田博通）

3 湯河原
——〝理想郷〟の暮らし

湯河原の家の前での有三

門の設計プラン　紙・鉛筆　9枚
有三自身が昭和29年に湯河原の家を増築した際に書いて大工に指示したもの

参議院議員の任期を終えた有三は、1953（昭和28）年12月湯河原町の通称、理想郷の家に移り住む。翌年、書斎、居室、門などを増築して、満66歳から約20年をこの家で過ごした。和風の門は自身で考案し、渡り廊下を書庫とし、回転式書棚も特注だった。

1956（昭和31）年にはアメリカのミシガン大学から招待されて渡米して講演をしたり、国内の旧跡を訪ねるなどの旅行をした。外出もしたが、湯河原時代は、歴史小説の構想のために調べ物に専念する日々だったと言われる。

ものにこだわるために彼は寡作な作家と言われた。土屋文明は、「まだ書かれない山本有三の小説」（付録『文学自選集　山本有三自選集』1967年）で、有三が「国家小説」の構想をしていることに言及をしている。丸谷才一も「双六で東海道」（『オール讀物』2006年1月）で、1965年に有三と知り合い、壬申の乱をテーマにした小説の構想に付き合わされたことを回想している。思えば、有三には事件への関心が深く、それをそのまま書くのではなくじっくり調べ、創作していく方法を愛していたのである。

そのような小説構想と取材三昧の日々が理想郷での生活であったと考えられる。その成果の一端は、最晩年の「濁流」にあらわれてはいるが、連載中に惜しくも作者の力が尽きて完成にはいたらなかった。1974（昭和49）年1月11日、脳梗塞急性心不全で死去。遺志により告別式は行われなかったが、1月12日、「濁流」掲載紙だった『毎日新聞』に遺稿「老いの春」が読者へのメッセージとして発表された。

＜牛のいる風景画＞　近藤浩一路画　紙本・墨・額
湯河原の家の応接間にかけていた絵。水墨で光と自然を描く浩一路の独自な作品

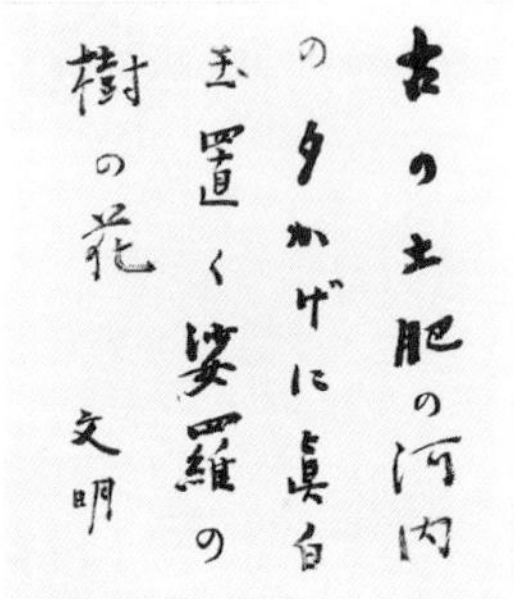

「古の土肥の河内の―」土屋文明書
紙本・墨・軸　箱書き「昭和 34 年　山邸即事」
古の土肥の河内の夕かげに眞白玉置く娑羅の樹の花　文明／この短歌は『青南集』（昭和 42 年）に「湯河原山本邸にて」ー昭和 34 年 5 月作ーとして 3 首あるうちの 1 首

羽織（紬）
有三の死後、土屋文明に形見分けされたもの（現在、個人蔵）

渡り廊下の書庫での有三

◆五章◆

三鷹と周辺に住んだ作家

――昭和初期を中心に

井の頭公園の池で遊ぶ水鳥

徳冨蘆花・賀川豊彦・石川三四郎・中里介山ほか

京王沿線の農本思想家たち

首都である東京からは十本以上の鉄道が放射線状に伸びているが、それらの中で、不思議なのが〈京王線〉である。京王線、東京と八王子のあいだの武蔵野を走る電車だが、この沿線には、何故《なぜ》か、〈農本主義〉の思想を持つ文学者や思想家がおおぜい住み着いていたのだった。

最初に腰を据えた人は、徳冨蘆花（一八六八年—一九二七年）。〈農業こそ人間生活の本質〉と信ずるトルストイに共鳴した蘆花は、一九〇六（明治三十九）年、東京府下の千歳村に移住、農業をはじめた。しかし、職業としての農業にまでは行くことが出来ず、みずから「美的百姓」と称して趣味の線にとどまった。代表作のひとつに数えられる随筆『みみずのたはこと』（一九一三年・福永書店）は、その美的百姓生活の記録である。

いま、京王線に蘆花公園という駅があるが、それは、蘆花の住居が公園となり、それに因《ちな》んでの駅名なのだと註記して置こうか。

ふたり目の人は、江渡荻嶺《えどてきれい》（一八八〇年—一九四四年）。東京帝国大学を卒業の三カ月前に退学して、一九一一（明治四十四）年、高井戸で農業生活に入ったのである。著書『土と心を耕しつつ』（一九二四・叢文閣）その他で〈百姓愛《ひゃくせいあい》〉の哲学を説き、国家主義への批判から、自分の子どもたちを小学校・中学校へ通わせず、自分で教育したというユニークな思想家である。近年、ようやく、この人の研究が為されるようになって来たのは嬉しい。

そしてこのふたりを〈地の塩〉として、以後さまざまな文化人が京王沿線の諸方に住み着くようになったのである。その代表的な例を挙げるなら——

キリスト教界の大指導者＝賀川豊彦（一八八八年—一九六〇年）は一九二四（大正十三）年に八幡山駅の近くに移住、

創った教会を牧《ぼく》するとともに〈立体農業〉を提唱した。〈立体農業〉、日本の伝統である田畑耕作に、果樹と畜産を加えた〈三者＝立体〉の農業だ。そしてそういう〈立体農業〉思想を慕って、戦後ではあるけれども、やがて最初の『賀川豊彦伝』（一九五〇年・新約書房）を書く横山春一が、祖師谷に精薄児自立施設〈どんぐり牧場〉を開くことになるのである。

賀川に次いだのは、明治期の社会主義者の石川三四郎（一八七六年―一九五六年）で、一九二七（昭和二）年、八幡山に定住、半農半筆に。思想としては社会主義よりさらに進んだ無政府主義を宜《よ》しとし、その立場よりの民主主義を〈土民生活《デモクラシ》〉と名づけ、『近世土民哲学』（一九三三年・共学社）などの著書を出していた。

そしてこれに続いて、同じ頃、『土の教育』（一九二六年・平凡社）や『日本老農伝』（一九三三年・平凡社）などで知られる大西伍一（一八八五年―一九四四年）が、上高井戸に移住。少し離れた烏山《からすやま》に住み着いたのが鑓田《やりた》研一（一八九二年―一九六九年）で、この人はトルストイ尊崇にスタートした農民作家、ノンフィクション的な作風を得意とし、『賀川豊彦』（一九三四年・不二屋書房）や『徳冨蘆花』（一九三七年・第一書房）といった作品も出している書き手だったのである。

なお、挿入しておくべきは、太平洋戦争の時期に、一種ユニークな社会・文化評論家として大きな存在であった大宅《おおや》壮一（一九〇〇年―一九七〇年）が、八幡山に移住、農業を始めたという一事であろう。彼は、文筆によって生活していれば侵略戦争への加担をまぬがれないと考え、この地での農業生活を選んだのであった。

以上のごとく、京王沿線には〈農本主義思想〉に立つ文学者や思想家が大勢《おおぜい》いるのだが、京王線の終着＝八王子、その先の羽村には、中里介山（一八八五年―一九四四年）という大物《おおもの》がいる。世界一の長編と言われる小説『大菩薩峠』で知られる中里介山は、晩年、生まれ故郷の羽村に腰を据え、遺言《ゆいごん》として『百姓弥之助の話』全五巻（一九三八年・隣人の友社）を書いた。「万事、農から出直さなければならない」との決意から書いたもので、介山の最終的にたどり着いた思想である。京王沿線に展開してきた〈農本主義思想〉の締めくくりが、ここに示されているといったら、言い過ぎだろうか。

（上　笙一郎）

野口雨情

（1882〔明治15〕年～1945〔昭和20〕年）

〝童心居〟

雨情は、大正十三年、今の武蔵野市吉祥寺北町に新居を構えて、移り住んだ。「童心居雑話」はそこに住み慣れて四年、『女性』昭和三年四月号に発表したものである。童心居とは、宅地の一隅に建てられた「方一丈に足りない」「ちっぽけな」書斎用の離れの名前である。「私の安息所は童心居である」と繰り返しているところから見ると、よっぽど気に入った心休まる庵であったようだ。庵というのは少し語弊があるかもしれない。隠者や世捨て人の住まいのような印象を与えるからである。雨情もそうしたイメージを嫌って「居」を選んだと推測される。縁先に端座して時にはみずからの好みに合わせて収集され、配せられた庭石や花木を眺め、またある時は満月を仰ぎながら、「童心は森羅万象、すべてのものを生物として取り扱うことが出来ます」（定本　野口雨情　第8巻　未来社　昭和六十二年『童謡と童心芸術』　249p）という持論そのままに、「温味と無邪気さ」という童心をもって、親しくそれらと対話していたであろうことは想像に難くない。

昭和三年といえば、雨情四十六歳、「童謡に民謡に万人が等しく認める業績をあげた」「気鋭の熟成した年齢である。」（『夜雨と雨情』瀧澤精一郎　桜楓社　平成五年　81p）童謡に関していえば、中山晋平、藤井清水両作曲家とのコンビによって、数多くの童謡が作曲された。金田一春彦の調査によれば、大正十四年三月NHKがラジオ放送を開始してから昭和五年十月にいたる子供向け番組で放送された童謡の演奏曲数・回数は、北原白秋、西条八十を大きく引き離していたという。まさに「歌われる童謡作家としては天下無敵」（『童謡・唱歌の世界』教育出版　平成七

"童心居" 現在、井の頭文化園内に移築保存されている。

年　１２８ｐ）の地位を雨情は獲得したのである。

また民謡についていえば、「雨情の流浪、哀別の総決算であり集約」（滝澤　96ｐ）と評される絶唱「波浮の港」が10万枚を超すヒットとなって一世を風靡し、民謡詩人の第一人者の名をほしいままにした。こうして童謡と民謡の演奏と講演旅行に各地を駆け回る彼にとって、「童心居」は、疲れた心身を静かに横たえる格好の安息所となったことであろう。

「穀倉には／米と麦が／向ひ合って重ねてあった」故郷の家を人手に渡し、雨情は二十代、三十代を、樺太・東京、北海道・東京、故郷・北海道、水戸・東京と流浪の生活に明け暮れた。「これが自分のものと定った家があったなら／己はどんなに嬉しいだらう」（連作詩「己の家」『都会と田園』）と歌う彼にとって、魂の安息所を得ることは、雨情にとって悲願であった。「童心居と自書した小額のわき書きに、人生は随筆であると小書した。」と「雑話」に記す。人生はあらかじめ予測はつかないものであり、結果を想定するのも愚かなことである。そういう意味で人生は一貫した長編小説とは認めがたいというのがその理由である。そして「さう考へたとき安心も出来るのである」と付け加える。味わい深い言葉である。先に見たような流転の人生は、人生の後先を断ち切り、凝縮した時間の充実度と完結度を目標とし、重視する詩人でなくては、選択不可能であろう。

金田一は雨情の詩の大きな特徴は、「できるかぎり言葉数を減らし、ぎりぎりの線で歌い上げるところにある」（同前書　１２９ｐ）と指摘し、「これがよい曲が生まれる根本的な原因である」と述べている。雨情自身この作詩法について具体的に紹介しながら「複雑な言葉をさらに単純化し」、いいかえれば「熱を加えて立体的に表現する」過程を経て、童謡は密度の濃い立派なものになるのだと説いている。（『童謡作法講座』『児童芸術講座2』久山社　平成二年　45ｐ）彼にとって、散文的な人生は無用であるとともに、散文のように説明的な冷たい童謡とも無縁であった。

（福嶋朝治）

竹久夢二（1884〔明治17〕年～1934〔昭和9〕年）

郊外の小高い丘の上の〝少年山荘〟

旅や転居の多い生涯を送った夢二の唯一の持ち家だったアトリエ付き住居は、東京府荏原郡松沢村松原790番地（現、世田谷区松原3—7辺り）にあった。1924（大正13）年末に夢二自らの設計で建て、息子たち家族と住んだ家である。だが、計画性が十分だったとはいえず、約360坪の敷地も借地だったことなど諸事情は、それ以前の止宿先、菊富士ホテル跡からほど近い竹久夢二美術館の調査などで知られている。夢二没後、木造の家は絡ませた蔦が原因で朽ちて取り壊されたが、後に次男不二彦の記憶から、故郷の岡山県邑久郡邑久町本庄（夢二郷土美術館　夢二生家隣）に復元された。さらに近年、世田谷文学館では、建設当時の家の模型を製作している。

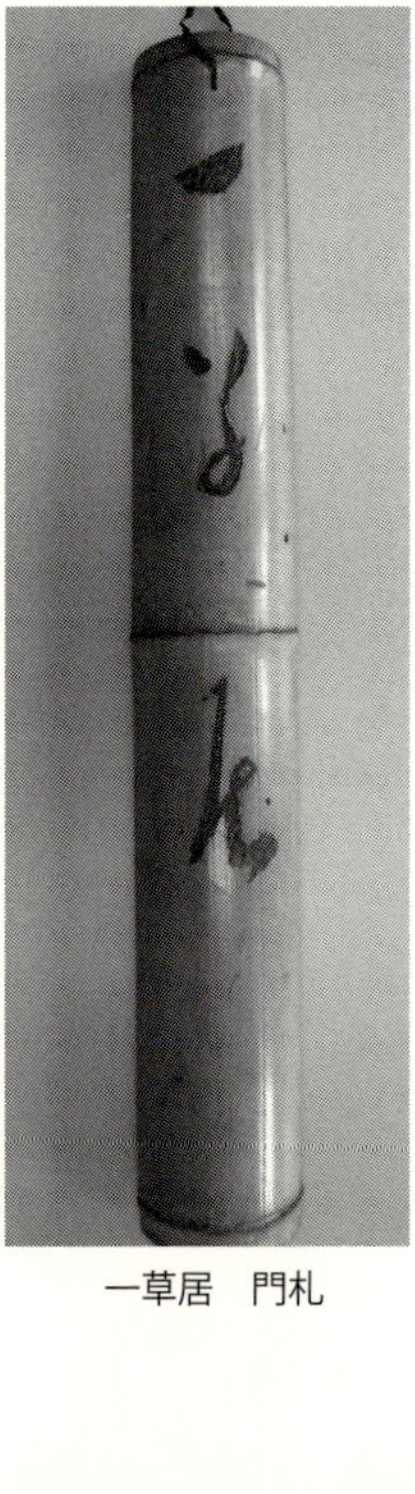

一草居　門札

夢二は、中国宋代の詩人唐庚の「酔眠」の冒頭「山静似太古　日長如小年」を、「日長如少年」と書くことがあり、そこから、家に〝少年山荘〟の命名をした。またの名は〝山帰来荘〟だが、独自のスローライフ願望が感じられる。この他には、〝一草居〟と刻んだ割り竹（三鷹市蔵）があることから、夢二が住処につけた自称を知ることができる。

彼が松原を選んだ背景には、まずは、都心よりも郊外の方がより広い空間と安全で望ましい住居を入手しやすいという実際的な事情が考えられる。震災後の開発で、夢二移転の翌年5月には近くに玉川電車（東急世田谷線）が延長され、丘の上の家からは、徒歩5分ほど先に開通した下高井戸駅が見えた。今日では一帯は立ち並ぶ住宅で眺望もさえぎられているが、こんもりとした地形には元々は栗の木が繁る山林だったという長閑な雰囲気は残る。夢二は、遺稿「家（絶筆）」（『令女界』1934（昭和9）年11月）で、日本の家の垣根や門や玄関にありがちな「威厳といふもの」がない自分の家について述懐し、留守中にも出入りした若い人達のことも嘆いている。自由人の夢二は、話のわかるパパとして、今日でいうならニートやフリーターのような層に取り巻かれ、自身も生涯において数々の噂話の種にされたが、松原入居の頃も例外ではなかった。一説によると敷地内に増設された離れで、深夜までダンスに興じる人々がいて、その騒音に近所から苦情がでたともされる。

〝少年山荘〟は、建築をも含めた美術で技術革新的な事業を興そうとし続けた夢二の後半生10年の構想拠点だった。本や楽譜の著述と装幀などグラフィックな美術から、人形、浴衣、竹籠など和風な小物へも彼の関心は進む。この山荘自体、無国籍と評されるが、洋風の意匠のなかに瓦屋根やなまこ壁が取り込まれて耐震・耐火の工夫があり、和洋の軽みのある趣向でまとめられていたようだ。彼は、工業化が進む時代の流れを早くに察知してはいたが、都市を破壊した自然の脅威を体験して、なおさらに機械文化へ懐疑を深めた。自然体ともいうべき作風の進展と考えられるが、手による産業をめざす。榛名山美術研究所の設立や欧米への遊学などで独自な道を模索するが、惜しくも病にはばまれた。

山荘は、夢二の設計作品にして実験の場だったが、家庭生活の存続にも彼の絵画や手工芸の保存にも脆弱だったことになる。ほかの人には住みこなすことは難しく、仕事場兼住処として主に殉じる摂理で消滅した。ただ、語り継がれ複製が衆目を集めるように、現代を先取りしていた、あるいは憧憬のまとなるユートピアの具現だった。松原の細い道をあがって山荘跡地を踏むと、自然と人工がせめぎ合う郊外と見晴らしのよい小高い丘、その二つを夢二が愛したことが偲ばれはする。

（品川洋子）

武者小路実篤（1885〔明治18〕年〜1976〔昭和51〕年）

牟礼の家の案内図を読む

比較対照の妙というのか、（A）（B）二人の作家の道案内（どちらも『新潮日本文学アルバム』所収）を見比べているうちに、両者の個性というか特質というかヒューマニティの相違が強く浮かび上がってきたように感じられた。（B）は吉祥寺駅から、（A）は吉祥寺駅と井の頭公園前からの来訪者を想定して描かれている。問題はその描き方である。最初（B）だけを見たときは特に違和感を抱かなかったが、（A）を見たときは、なんだか異様な感じに打たれた。その印象から（B）に戻ってみると、なにがしか問題意識が芽生えたのである。

実は（A）は、武者小路実篤の地図で、（B）は太宰治のそれである。実篤は昭和十五年に同じ牟礼の地で二度目の引越をした。（A）はその時の通知状である。

訪問者の立場から見れば、距離的には遠い太宰の家のほうが近く感じられる。駅から自然文化園までが省略してあることも理由の一つだが、もっと大きい理由は地図全体の描き方の方針そのものが省略法にあるところではないかと思われる。途中の路地や目印は、最小限の情報に限られている。点線による案内も助かる。「こうやって来れば、自然に俺の家の玄関に立つことができるよ」といざなっているようである。また川は川らしく描かれ、「山本有三邸」は「山本有」、病院は名前が省略されている。見た目に実に簡潔である。走り書きかもしれないが、そうでなくても太宰はこうした描き方をしたように思う。

これに反して（A）のほうはぐっと趣が異なり、細密画を見るようだ。そのことによって、一見遠さが強調される。

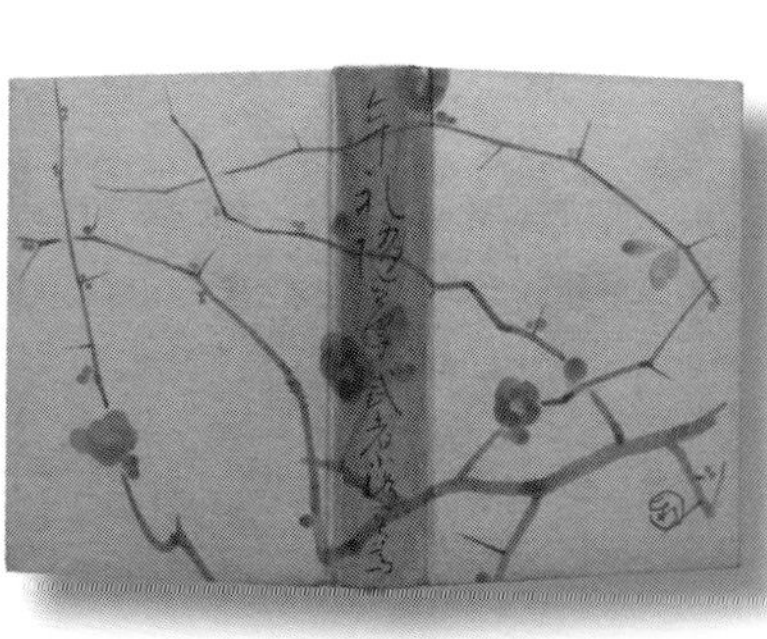

『牟禮隨筆』武者小路実篤著　安田靫彦装幀
1939（昭和14）年　大日本雄辯會　講談社

吉祥寺の駅から井の頭公園の池に下って、橋を渡って、「蛇がゐそうな故を以て絶対に避けて通ることにしてゐる」と太宰が「乞食学生」で書いている原っぱを突っ切って、それから…」「いやー、遠そう」とため息の一つも出そうだ。目印の名称も丁寧に記されている。井の頭公園前からの道順も、行き止まりの路地まで書き込まれている。こうしたことが遠いという印象を与える原因ではないかと思われる。

次に問題とすべきは、（A）が地図の約束事とも言うべき「凡例」をおよそ無視して描かれている点である。道路幅は路地も大通りも一律だし、線路と道路も区別はない。さらに川（玉川上水）も道路と同じ筆法で、「川」「幸橋」という書き込みがなければ、これを川と見ないだろう。

だが、この地図を訪問の目的から離れ、鑑賞という立場から改めて見直すと、（A）は情報量が多いだけ、見ていて温かみがあり、楽しくなってくる。

公園では「落ちついて、ゆきたい処にゆき、帰りたいところに帰る」（井の頭の鯉）鯉を眺める実篤の姿を想像しながら、欄干によりかかって水面に目を落とすのもいいだろうし、井の頭公園の全体図に導かれて散策するのもいい。枡形に描かれた道路は、階段のようで、立体的にさえ見えてくる。帝都電車を底辺にした三角形が形成されていて、その頂点に武者小路の家が構えられているように見えるのである。もちろん本人はそんなことを意識して描いているわけではない。確かなことは実篤はこの図を描く際に、キャンバスに向かうのと同じ心構えで筆を運んだろうということだ。「人生は真面目なもので、真剣になって生きられる時、始めて充実した喜びを味はひ得る処と思ってゐる。」（真剣な仕事）こうした真剣な思いで、訪問者の立場を心底真剣に思いやり、子供たちから「怖い顔」（怖い顔）とからかわれながらも描いたものであろう。

そこには太宰の親切とは別な意味で、真剣さが生み出すユーモラスな思いやりと親切心がにじみ出ていて、そのことが（A）の地図を読むことの楽しみと喜びを増幅してくれる。（（　）内の作品名は『牟禮随筆』所収）

（福嶋朝治）

三木露風（1889〈明治22〉年～1964〈昭和39〉年）

有隣園・遠霞荘随想

三木露風がトラピスト修道院の教師の職を辞して上京し、最初に住んだのは、東京市外の戸塚町である。「前庭苔なめらかにして、楓樹あり、眺め大きからざれども、静かに暮らすにはよし」と「遠霞荘の記」に記している。この家のたたずまいについては「都新聞」（大正十四年九月六日～八日）に寄せた「有隣園雑筆」で詳細に描いている。また「有隣園清興」と題した短歌が『三木露風全集第三巻』に収録されている。「有隣園」とは、修道院時代の宿舎の名前で、それを踏襲したものである。「雑筆」の小題は「蝉」「微風」「朝顔」「蜘蛛」「万年青」「月」である。それらを読むと久しぶりの都会の郊外の生活を懐かしみ、くつろいで興味深く庭の風情を観察している様子が伝わってくる。特に自然観照の上でキリスト教的な見方が強く打ち出されているのは、興味深い。たとえば「青空の方から吹いて来る心ありさうな微風―それは宇宙の創造者である大天主が人の子の為に昼、悦びと共に送られるものであると思ふ」という一節などによくそれが表れている。これに対応した短歌「清き風吹きそよぎつつ来りけり御空の霊の送るにやあらむ」が「清興」にみられる。

三鷹の家の庭での露風夫妻　昭和30年代

しかしある時大雨が降って家の周囲が湿ったため、健康のことを心配し、「同じ戸塚なれども奥の方にて前よりは一層郊外に近き処」に引っ越した。ところが都市計画が進み、近くに十二間道路が開通するなど「都会の気分一層濃厚になりて、人々の往来門前に繁くな」ったので、「性静寂を好み自然を愛しなるべくは塵の生活を避くることをこのむ」自分としては、この地を去る決断をした。

こうして昭和三年七月、牟礼に住む妻の親族から土地を譲り受けて家を新築し移住することになる。「時は暑熱の烈しき時候なれども、ここは幽閑にして涼気多く殆ど暑さを知らず」、また高円寺の天主公教会にも遠くないこともあって、気に入ったようである。また、「田園の風光、清くして、涼気に富み、晴天の日には我が家のほとりなる武蔵野より遙かに富士山を見るを得てよろこばし」としごく満足している様子が伺える。

「遠霞荘」とは、この牟礼の家の名称である。「遠霞荘の記」はここでの生活雑感を記したもので『小羊』（昭和四年四月〜六月）に掲載された。この安住の地を得て彼は、「思ひ見ばみなはらからよ玉椿」という句に見られるように、人生の円熟期にさしかかっての心のくつろぎといったものをしみじみと実感した。

また、「象うつり気変化して秋過ぐる」という句では、露風の自然観の真諦を表す「象」と「気」を詠みこんで、「武蔵野の四季の眺めに現れる造化の不思議」に深く心を動かされている。露風はつとに「表象活動の生活」を信条として掲げていたが、「遠霞荘詩論」（『全集』第三巻所収）においても改めて実相透入を説いて、現象を通してその奥に存在する真実義を探ることの重要性を主張している。この句にはそうした彼の思想が込められている。

露風はよく散歩で井の頭公園に赴いた。都会の近くにあって「原始林のあとを、偲ぶ様な」大森林が彼を魅了したからである。彼はこの鬱蒼として生い繁る森林の幽境にあって、やはり神秘的な造化の気を探ることに、無上の悦びを感じるのである。

（福嶋朝治）

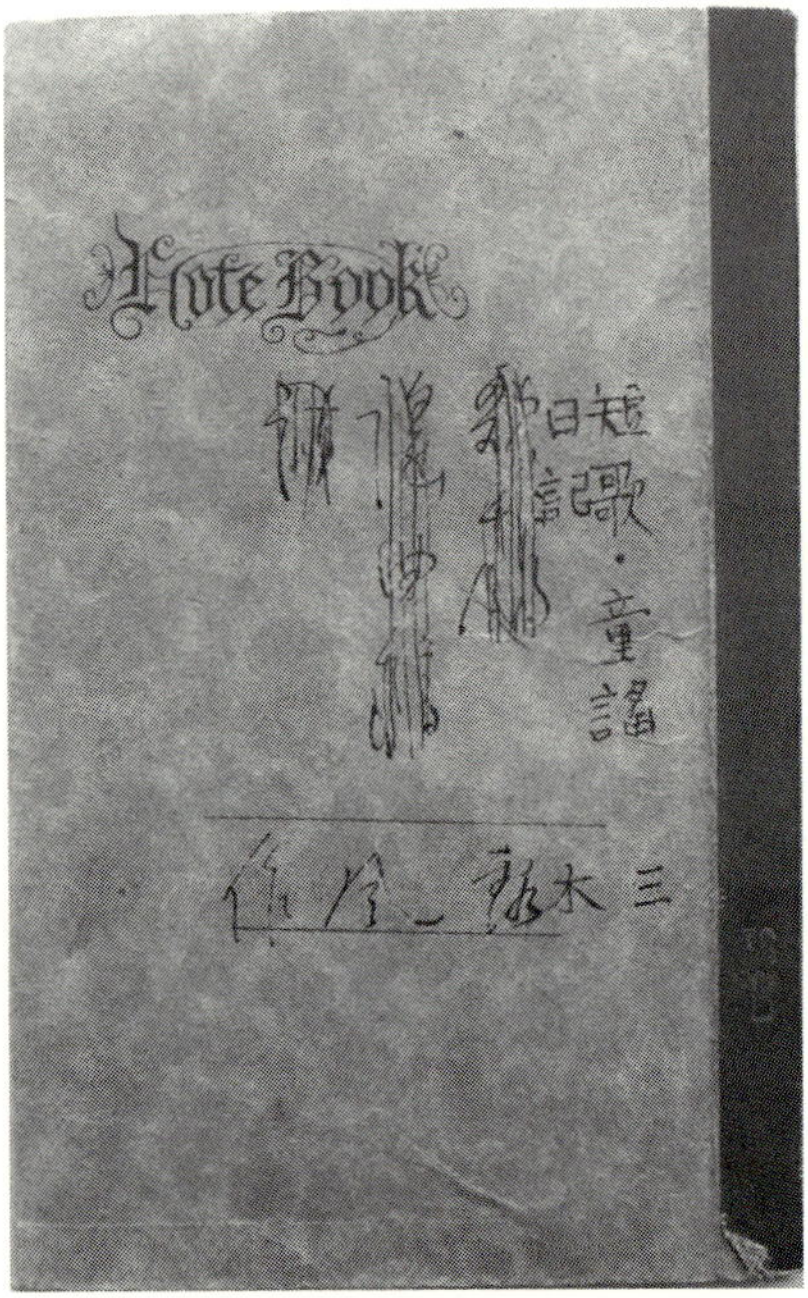

露風ノート

（左）『短歌・童謡・日記　三木露風作』
前半は、主に昭和2年〜3年にかけて郊外を散策した折の鉛筆書きの短歌。
歌集『仲秋の秋』（全集Ⅲ）の「小金井にて」「哲学堂にて」などの草稿。
後半は、昭和28年11月4日〜29年6月22日までの日記と同時期に制作された童謡。

（下）露風の現在確認できる最後期の童謡。
最初に『童謡集　三木露風』とある。34編の童謡が記されている。
「ふと目にとまる」「鶯と目白」は、回想の歌。他の季節の歌を詠むことは露風がよくやる手法である。また、作品ごとに署名するのは、露風の癖である。

昭和28年11月の日記。

童謡
（A）
ふと目にとまる
　　露風
ふと目にとまる
野辺の花、
（以上前ページ）
色紫の、
瓢箪草。
いと愛らしい、
その小花。
行くにしたがひ、
咲いてゐる。
瓢箪草に、
春を思ふ。

稲苅
　　露風
さくさくと苅る、
田の熟稲。
よい秋晴れで、
匂ひが立つ。
雀むらだつ、
ぱらぱらと。
里の農家の、
書き入れ時。

（B）
今年は倉が、
ふえて建つ。

鶯と目白
　　露風
梅の花が、
咲いた時。
きれいな鶯、
来て鳴いた。
赤い花咲く、
椿の枝に。
けふは目白が、
鳴いてゐる。

日記（昭和 28 年より）

（A）

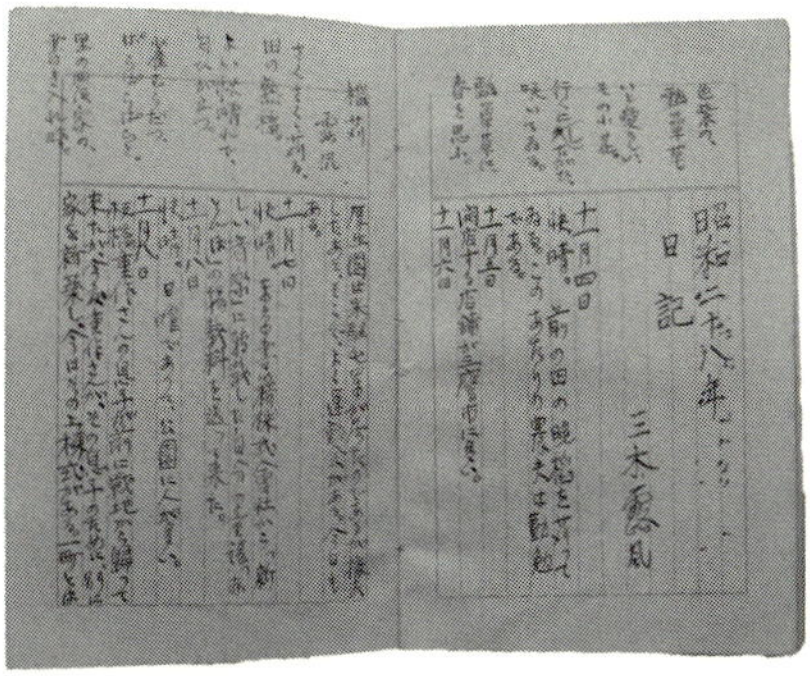

11 月 4 日

快晴。前の田の晩稲を苅って
ゐる。このあたりの農夫は勤勉
である。

11 月 5 日

開店する店舗が三鷹市に多い。

11 月 6 日

厚生園は米駐屯軍が居たのであるが撤去
したあと、そこでよく運動会がある。今日も
ある。

11 月 7 日

快晴。東京書籍株式会社から「新
しい音楽」に転載した自分の童謡「赤
とんぼ」の掲載料を送ってきた。

（移り行く三鷹市の姿と戦後の世相の一端をうかがい知ることができる。）

（B）

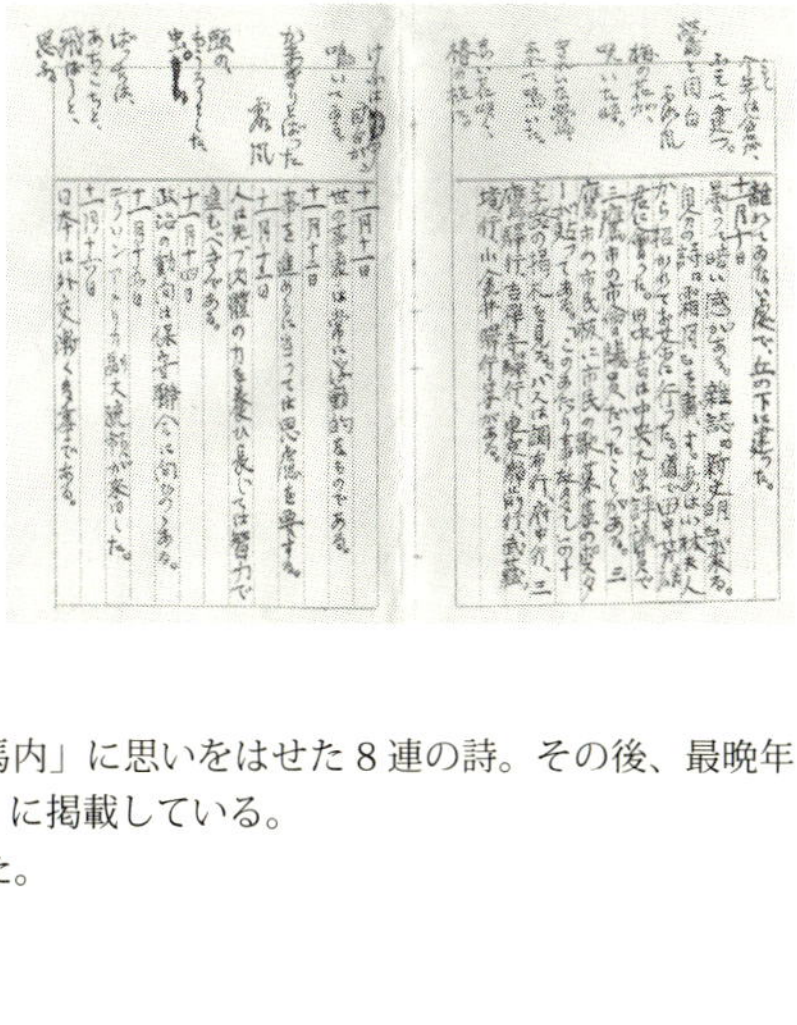

11 月 10 日

曇って暗い感がある。雑誌『新文明』が来る。
自分の詩『霜月』※1 を載す。妻は小林夫人
から招かれてお茶に行った。（中略）三
鷹市の市民板に市民の歌募集のポスター
が貼ってある。※2「このあたり事故多し」の十
字路の掲札を見る。バスは調布行、府中行、三
鷹駅行、吉祥寺駅行、東京駅前行、武蔵
境行、小金井駅行がある。

※1「霜月」は「歴史的な郷土色を持つ、毛馬内」に思いをはせた 8 連の詩。その後、最晩年にいたるまで 10 編近くの詩を『新文明』に掲載している。

※2 露風は、三鷹市歌の選者を委嘱されていた。

中原中也

（1907〔明治40〕年〜1937〔昭和12〕年）

牟礼の〝森の家〟への訪問

中原中也は、1929（昭和4）年7月末、西荻窪駅近くの豊多摩郡中高井戸三七（現、杉並区松庵3丁目33辺り）に家を借りて住んだ。「汚れつちまつた悲しみに―」「生ひ立ちの歌」「時こそ今は―」などを収めた『山羊の歌』（1934〔昭和9〕年）を出す以前の20歳代も初めのことである。

近くにアトリエを構える彫刻家高田博厚と親交し、中也の彫像が博厚によって制作された頃でもあった。渡欧前の博厚は、「森の家」または「赤い家」と呼ばれた「藁屋根の、したみを紅殻で赤く塗った、西洋風の百姓家（コッテージ）」を三鷹村牟礼の森（現、三鷹市井の頭2―9辺り）に持っていた。博厚の「山羊を飼う」（昭和4年の文章、『東京百話』種村季弘編　筑摩文庫　1987年）で、山羊の乳の販売や梅林の運営による若い芸術家たちの共同生活を義侠心から思い立ったが、意外な労苦にあえなく計画は挫折し、家賃を払えない若者たちが家を喫茶店兼用にしていた事情を知ることができる。

その家に、中原中也が画家O（大宮昇）を散策がてら訪ねていた。中也の一人称小説（無題）（全集で10頁ほどの断片）に、それが書かれている。

初めの方に「廰て坂を下つて、神田上水源の流れに架つた古電柱の丸木橋を渡り、一寸また坂を登ると、麥畑のつづいた廣い場所に出た。高壓線が通つてゐて、大きい碍子が、よく見ると氣味のわるい程大きかつた。」とある

神田川にかかる現在の丸山橋

のは、現在の井の頭線三鷹台駅付近から三鷹台駅前通りのことである。一帯はかつては丸山と呼ばれていたゆるやかな丘陵で、神田川には丸木の橋（現、丸山橋）がかかり、畑も広がっていた。次第に地形は整形されてきているが、道の西側が特に高く繋っていて段差のある地帯が今でも続く。中也のいう高圧線（送電線）は、住宅地から道を横切るように現在も高く聳えている。

博厚の文章にあるように玉川上水と神田川の間にある森林地帯で、なおかつ中也のいうように送電線を過ぎたところなら、現在の井の頭2丁目9辺りになる。『明治大正昭和東京一万分一地形図集成』中の「昭和12年地図 井の頭」の人家で該当するのはここである。梅林がわずか離れたところだったなら、井の頭2丁目20に果樹園のマークがある。

中也の小説（無題）は、森の家でお茶を飲み、西荻窪近くの自宅まで森の家の住人ともども4名で戻ってビールを振る舞い、また徒歩30分ほどの森の家に戻って泊まったところまでを記述している。実際に中也は、実家からの潤沢な仕送りで勉学中で翻訳の仕事もあった。夜に森の家に戻る時に、「私」は森の中の道のドブ溝に落ちて着物を濡らす。作中に「五月の夜」とあるのが現実ならば、転居の多い中也の昭和5年の出来事になる。

山本有三記念館—講演シリーズ初回（1967年7月19日）は、（故）吉田凞生氏の「牟礼の〝森の家〟」だった。井の頭1丁目居住経験による土地勘から、筆者は氏の依頼を受けてレジュメ作成をした。それまでは、〝森の家〟は井の頭公園駅近くではないかという説もあったが、新旧の地図と吉田凞生著『評伝中原中也』（講談社文芸文庫）を手に、記念館から玉川上水沿いに行って所在を再確認、さらに三鷹台駅まで歩いてみた。かつて森だったところの住宅密集の様子には失望しないではいられない。だが、森や麦畑を宅地に形成してきた街に、早世の詩人中也が書いた「樹ばかり」みえる「山の中」が遡って浮かんでくるように脳裏には感じられた。

（品川洋子）

太宰治（1909〔明治42〕年～1948〔昭和23〕年）

「東京八景」の世界

「東京八景」の制作動機については、毎日「ぶるぶる煮えたぎって落ちてゐる」大きな武蔵野の夕陽を眺めながら、「この家一つは何とかして守って行くつもりだ」と妻に誓う。その時、「ふと、東京八景を思ひついたのである」と作品中に記しているので、問題はない。「青春への訣別の辞として」「十年間の私の東京の生活を、その時々の風景に託して」「誰にも媚びずに」「ゆっくり、骨折って書いてみたい」とかねがね思っていたが、その潮時が今武蔵野の夕陽を眺めているうちに、満ちてきたのを覚ったのである。

　この作品の構成は、「死ぬるばかりの猛省と自嘲と恐怖の中で、死にもせず」「身勝手な、遺書と称する一聯の作品に凝って」いる東京帝大の仏文科に籍を置く「私」と、同郷の元芸妓の「H」との悲惨な同棲生活の種々相が、懺悔的に告白されている主要部分と、「H」と別れ「荻窪の下宿から、かばん一つ持って甲州に出かけ」、甲州で結婚し、短い期間そこで暮らした後、「東京市外、三鷹町に移住し」て現在にいたる部分に大別される。

　言い換えれば、東京市外での現在の生活の明るい風景の中に立脚して、東京市内での過去の暗い風景を、いわば時空の隔たりをもって展望しようとする。ここで「私」は、忌まわしい自分の過去をそっくり、きっぱりと切り捨

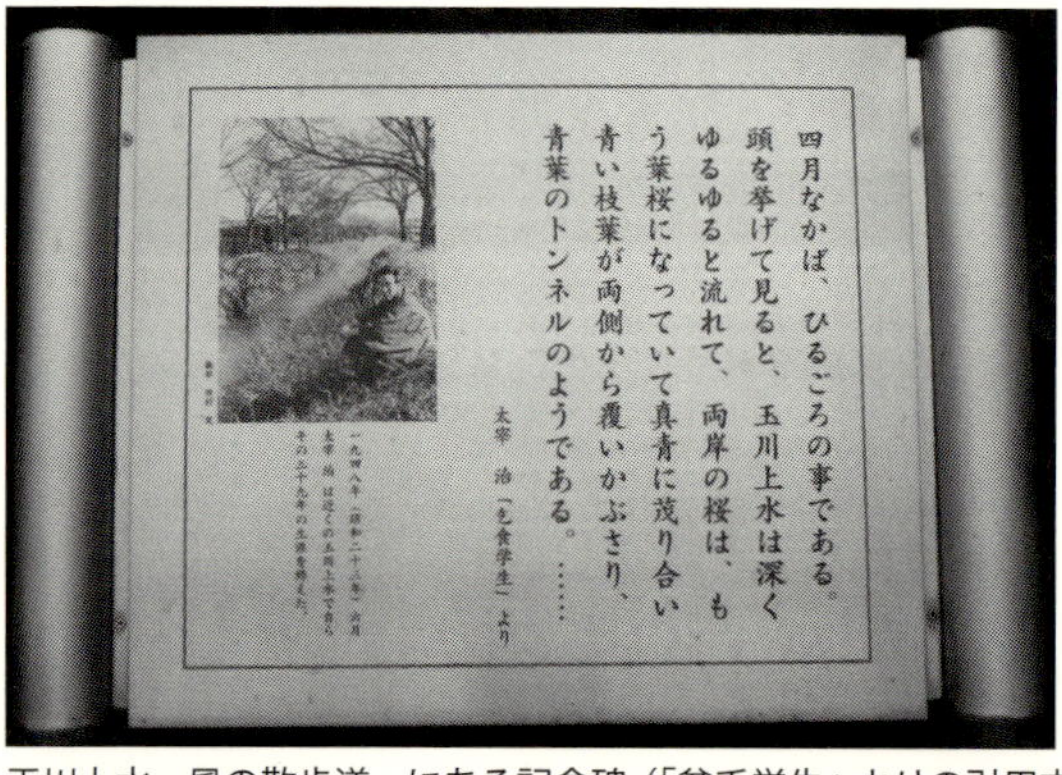

玉川上水―風の散歩道―にある記念碑（「貧乏学生」よりの引用文）

てることができたのである。「もはや、ここは東京市ではない」と現在の自分の居住地である三鷹を東京市から峻別するのも、新世界の明るい未来を強調する狙いが込められている。そのことを象徴的に物語るのは、「H」が密通した相手の絵を上野の美術館でたまたま目にして「だめな画だ」と酷評する一方で、武蔵野の夕陽を「画になる」と賞賛する場面である。

この此岸と彼岸の断絶の関係は、文体にも濃い影を投げかけている。「生きなければならぬ』『生きて行く為に書」こうと決意する後半の表現方法と態度は、「死ぬつもりで」生き、「遺書として書」いた前半の暗い切羽詰った告白体とは対照的に、伸びやかで軽快な語り口に一転している。まるで前半が後半の効果を計算に入れた戦略の一つではないかと思われてくるのである。

とはいえ、この作品の主題が、不条理な意識に取り付かれた青春の日々の生き様の苛酷さを描くことにあったことは否定できない。それはいわば「absurde」な想念とその表れとしての言動をとおして描かれている。自殺行為の不条理さに関連して、「ひとりの男が白刃をふるって機関銃隊に襲いかかるのを見れば、その行為はabsurdeと、僕は判断するだろう」とカミュは『シーシュポスの神話』で語っている。白刃はさしずめ「私」にとっては蟷螂の斧であった。この作品のなかで「永遠においておいでの、あの悪魔」に戦いを挑んでいるその当時の己の姿を、「私」は自嘲交じりに「蟷螂の斧」と形容した。「滅び」の役割を持って登場しながら、結局「ピリオドを打ち得ず」「死に切れない」で、死ぬために書き続けることが、いかに滑稽で馬鹿げたことか、賢明な「私」は熟知している。その馬鹿らしさを悟らされた時、劇的な転機が訪れる。しかし、死ぬために書くことと、生きていくために書くことは、「私」が考えているほど、対極的なものではないだろう。どちらにしても、「書く」ことに相違はない。それが証拠に、太宰は「もうこうなったら、最後までねばって小説を書いて行かなければ、ウソだと思った」と「十五年間」の「私」に言わせている。太宰を認めるのも、非難するのも、この「永遠の悪魔」に「蟷螂の斧」を振りかざして戦いを挑む「私」というabsurdeな男の言動をどう受け止めるかにかかわっている。

（福嶋朝治）

槇本楠郎・川崎大治・塚原健二郎
児童文学＝三鷹市の周辺

文化というものは、まず人と人の触れ合いの多い都市の中心部に成立し、次第に四方へ伸びて行くという性質を持っている。〈児童文学〉においても同じであって、江戸時代の子ども絵本である〈赤本《あかほん》〉は、江戸の中心部である日本橋や浅草に生まれ、その伝統を引き継いだ明治期のお伽作家＝巌谷《いわや》小波《さざなみ》・久留島《くるしま》武彦などが住んだのは、東京＝中心部の麹町《こうじまち》や青山であった。しかし、大正期となると、代表的な童話作家を例に取れば、小川未明は雑司《ぞうし》ガ谷《や》、浜田広介は大塚に居住している。そして、昭和初年代に入るというと、若い童話作家たちの多くが、経済生活的な条件からして、もはや東京環状線の内側の地域には住めず、環状線より郊外へ放射状に走る電車の沿線に、住み着くようになったのである。

それだけを前置いて、東京＝放射電車線の一本である中央線は吉祥寺・三鷹の周辺を見ると、ここは、昭和十年代より童話作家の居住がたいそう目立つ地域であった。代表的な人として、槇本楠郎《まきもとくすお》（一八九八年—一九五六年）・川崎大治（一九〇二年—一九八〇年）・塚原健二郎（一八九五年—一九六五年）を挙げておこうか。

槇本は『プロレタリア児童文学の諸問題』（一九三〇年・世界社）でプロレタリア児童文学を牽引した評論家で作家、川崎と塚原は、その理念＝理論を信じて〈プロレタリア童話〉を書いた作家。経済的に貧しいこの人たちでも、新開地のここなら、地価も安くて、何とか住むことが出来たのだ。

こうしてこの地域に住むようになった槇本・川崎・塚原たちは、プロレタリア解放運動はすでに潰滅《かいめつ》していたの

現在の三鷹駅

で、〈生活協同組合の運動〉と〈子ども会運動〉とに取り組んだ。三人にはそれぞれ子どもがいたが、その子どもたちを結束させて、彼等が自主的に芝居をしたり新聞を出したりするようにさせたのである。わたしは、この子どもたちが仲間に催しを知らせるために作った謄写版刷《とうしゃばんず》りの案内紙を少し持っているが、今では貴重な資料といわねばなるまい。なお、この子供会運動に参加した子どもたちのうち、男の子ひとりが児童文学の評論家になり、女の子ひとりが童話作家になった。塚本亮一、塚原健二郎の長男であり、槙本ナナ子、槙本楠郎の長女である。

しかし、それ以上に大きいのは、三人が力を入れた〈生活協同組合の運動〉と〈子ども会運動〉の童話作品への反映である——としなくてはならないだろう。

槙本は、童話集『原っぱの子ども会』（一九三七年・子供研究社）のなかのいくつもの作品に、「ムサシノ子供会」というものを登場させ、その会の子どもたちを主人公として活躍させている。また、童話集『月夜の蜜柑山《みかんやま》』（一九四一年・フタバ書院）では「アケボノ子供会」を出して来ているが、「ムサシノ子供会」の名を変えただけのもの。川崎はと見ると、童話集『鬼の面と雉《きじ》の面』（一九四一年・フタバ書院）のなかに、子供会を舞台にしている作品がいくつもある。さらに戦後ではあるが『子供がつくる子供会』（一九四九年・大雅堂）を出しており、これも、そのひとつと数えてよいのではなかろうか。

そして塚原だが、この人は、『七階の子供たち』（一九三七年・子供研究社）『朝の鐘ふり』（一九四一年・有光社）など幾冊もの童話集のなかに、〈子ども会〉を主題とした作品を収めている。そして、それらの集大成として、子ども会をテーマとした長編少年少女小説『風と花の輪』（一九六〇年・理論社）までも。

かくて、吉祥寺・三鷹周辺地域に生まれた児童文学は、地域運動としての〈子ども会〉を強く反映しているのだが、その傾向は、二次大戦後に至ってもなお続いている。というのは、昭和十年代より武蔵野市に住み、同じ町にある成蹊学園小学校の教師であった滑川道夫が、少年小説『行動半径200メートル』（一九六七年・講談社）と『手旗信号』（一九七二年・講談社）を書いたが、両作とも、成蹊小学校の生徒たちの生活をモデルとしたものであったから。（上　笙一郎）

ふろく

《図書館や書店で探しやすい有三著書》

『(定本) 山本有三全集』全 12 巻土屋文明・高橋健二編纂／高橋健二解題　1976－77 年　新潮社
『真実一路』　吉田甲子太郎解説　1950 年　新潮文庫
『新版　路傍の石』　高橋健二解説　1980 年　新潮文庫
『心に太陽を持て』　高橋健二解説　1981 年　新潮文庫
『山本有三　作家の自伝 48』　今村忠純解説　1997 年　日本図書センター
『米百表』　高橋健二解説　2001 年　新潮文庫
『心に太陽を持て』　大林宣彦解説　2001 年　ポプラ社
『路傍の石』　宮川健郎解説　2002 年　偕成社文庫
『日本少国民文庫　世界名作選』(1)(2)　河合隼雄解説　2003 年　新潮文庫

《参考文献―本書で参照した有三関連の主な文献―》

〈図書〉

『対談　現代文壇史』　高見　順　1957 年　中央公論社
『近代文学講座巻 12　山本有三』高橋健二編　1959 年　角川書店
『人と作品 34　山本有三』　福田清人編／今村忠純著　1967 年　清水書院
『山本有三　新潮日本文学アルバム 33』　永野　賢編　1986 年　新潮社
『山本有三正伝』上巻　永野　賢著　1987 年　未来社
『山本有三の世界－比較文学的研究－』　早川正信著　1987 年　和泉書院
『三鷹文学散歩』　大河内昭爾監修 1990 年　三鷹市立図書館
『明治・大正・昭和　作家研究大事典』「山本有三」　今村忠純著　1992 年　桜楓社
『いいものを少し　父　山本有三の事ども』　永野朋子著　1998 年　著者発行
『国際化時代の日本語』　茅野友子著　2000 年　大学教育出版
『大正・昭和の“童心”と山本有三』　山本有三記念館編　2005 年　笠間書院

〈山本有三記念館　編集刊行物(有償企画展冊子・無料解説書)〉

『山本有三資料展－昭和の児童書「日本少国民文庫」』　三鷹市有三青少年文庫　記念室(解説書)　1990 年　三鷹市文化振興事業団
『三鷹市有三青少年文庫』(絶版)　1991 年　三鷹市文化振興事業団
『文人たちの美術観　実篤・有三・露風展』(解説書)　1991 年　三鷹市文化振興事業団

『山本有三資料展－大正戯曲－』　三鷹市有三青少年文庫　記念室（解説書）
1992年　三鷹市文化振興事業団
『山本有三資料展－新聞小説と共に－』三鷹市有三青少年文庫　記念室（解説書）
1993年　三鷹市文化振興事業団
『山本有三資料展－住まいと美意識－』三鷹市有三青少年文庫　記念室（解説書）
1994年　三鷹市文化振興事業団
『三鷹市山本有三記念館』　1996年　㈶三鷹市芸術文化振興財団
『「真実一路」展－近藤浩一路描く有三文芸の世界－』
1997年　㈶三鷹市芸術文化振興財団
『未完の「路傍の石」展』　1997年　㈶三鷹市芸術文化振興財団
『「波」「風」展－自然と人間ドラマ』　1999年　㈶三鷹市芸術文化振興財団
『山本有三展＜小説のなかの住居＞』（解説書）
1999年　㈶三鷹市芸術文化振興財団
『「無事の人」展－自選集の世界－』　2000年　㈶三鷹市芸術文化振興財団
『山本有三展＜エッセイから探る作家の生活＞』（解説書）
2000年　㈶三鷹市芸術文化振興財団
『「濁流」展－有三絶筆〔雑談　近衛文麿〕』
2001年　㈶三鷹市芸術文化振興財団
『戯曲の領域展－山本有三の作品から－』　2002年　㈶三鷹市芸術文化振興財団
『山本有三展＜小説は話し言葉で＞』（解説書）
2003年　㈶三鷹市芸術文化振興財団
『山本有三／三木露風展―「田園」に「未来」をたくして―』
2003年　㈶三鷹市芸術文化振興財団
『作家の全貌展－山本有三文学のすべて－』
2004年　㈶三鷹市芸術文化振興財団

【本書執筆者紹介（50音順）】

上笙一郎（児童文化）
五章「徳冨蘆花・賀川豊彦・石川三四郎・中里介山ほか――京王沿線の農本思想家たち」「槙本楠郎・川崎大治・塚原健二郎――児童文学＝三鷹市の周辺」執筆

品川洋子（学芸員　㈶三鷹市芸術文化振興財団）
二章「そうではなかった自分――代表作『路傍の石』の吾一」　五章「竹久夢二――郊外の小高い丘の上の“少年山荘”」「中原中也――牟礼の“森の家”への訪問」ほか執筆

友田博通（建築学・建築家　昭和女子大教授）
四章「三鷹の文化の香りと閑静な郊外住宅のイメージを後世に伝える」執筆

福嶋朝治（近代文学）
五章「野口雨情―― “童心居”」「武者小路実篤――牟礼の家の案内図を読む」「三木露風――有隣園・遠霞荘随想」「太宰治――「東京八景」の世界」執筆

掲載資料リスト

1章（7 − 12頁）
1. 有三肖像、2. 蔵の街　栃木のたたずまい―山本有三ふるさと記念館提供―、3.『新篇　路傍の石』山本有三著　南沢用介装幀、4. 文化勲章、5.『生命の冠』山本有三著　井上正夫装幀、6. 原稿「鷗外の飜訳物と自分」有三専用原稿用紙 3 枚、7. ストリィンドベリィ戯曲、山本有三訳『死の舞踏』扉絵、8. 舞台写真「海彦山彦」、9.「読書ページ　『生きとし生けるもの』を讀む」菊池寛『東京朝日新聞』（マ）、10.『途上』〔感想小品叢書〕山本有三著、11. 原稿「自然は命令をしない」 有三専用原稿用紙 1 枚

2章（13 − 22頁）
12.「波」−波に吠える犬−　挿絵原画　田辺至、13.『戦争と二人の婦人』、14.『ふりがな廃止論とその批判』白水社編、15.『生きとし生けるもの』 木下孝則装幀、16.『風』 川端龍子挿絵・装幀、17.『女の一生』 中村研一装幀、18.「真実一路」『主婦之友』 近藤浩一路画、19.『中学生名作文庫　映画物語　路傍の石』東宝映画　新藤兼人脚本、久松静児監督、20.「路傍の石」（5）中学志望（五） 和田三造画 『朝日新聞』、21.『短編集　瘤』 近藤浩一路装幀、22.『山本有三自選集』 伊藤憲治装幀、23.『無事　名作自選日本現代文学館』 有三題字　白井晟一装幀、24.『濁流　雑談　近衛文麿』 熊谷博人装幀

3章（23 − 28頁）
25.「新篇　路傍の石　−口絵のかはりに−」和田三造画 『主婦之友』、26.『桃太郎〔日本昔噺 1〕』巖谷小波　富岡永洗画、27.『少年世界』創刊号、28.『小学童話読本』菊池寛編　田中良画、29.『日本児童文庫 23　日本童謡集』北原白秋編　恩地孝四郎装幀　石井了介口絵挿絵、30.『小学生全集巻 2　幼年童話集（下）』菊池寛編　竹久夢二表紙・見返し・扉、31.『日本少国民文庫巻 12　心に太陽を持て』山本有三著　恩地孝四郎装幀、32.『日本少国民文庫巻 16　日本名作選』山本有三編　恩地孝四郎装幀、33.『改訂　不惜身命（ふしゃくしんみょう）』山本有三著　山村耕花絵　安藤芳瑞書、34.『銀河』山本有三監修、35.「生きとし生けるもの　11　夏樹二」 木下孝則挿絵（マ）、36. 舞台写真「米百俵」 井上正夫主演

4章（29 − 39頁）
37. ＜黄昏一路＞近藤浩一路画　絹本・墨・軸、38.「1933 年　待望座談會」『読売新聞』、39.『小學讀本批判座談會』東京朝日新聞学芸部主催、40. 吉祥寺の家での有三家族、41.『道しるべ』（戦前の随筆収録）、42. 三鷹の家での有三、43. 庭にて長男有一と有三夫妻、44. テラス前にて娘達朋子、玲子、鞠子と有三夫妻。愛犬セラー・フォン・バンムドルフ、45.「老去功名意轉疎」近衛文麿書、46. ミタカ少国民文庫　新年会、47.「三鷹の思い出」『三鷹市報』、48.『竹』（戦後の評論集）、49. 住まい方：平面図―友田博通氏作成―、50. 湯河原の家の前での有三、51. 門の設計プラン　紙・鉛筆　9 枚、52. 渡り廊下の書庫での有三、53.「古の土肥の河内の―」土屋文明書、54. ＜牛のいる風景画＞　近藤浩一路画　紙本・墨・額、55. 羽織（紬）−個人所蔵−

5章（46 − 59頁）
56. 一草居　門札、57.『牟禮隨筆』武者小路実篤著　安田靫彦装幀、58. 三鷹の家の庭での露風夫妻、59. ノート『短歌・童謡・日記　三木露風作』

※資料は、特に断りのないものは、三鷹市所蔵、（マ）はマイクロフィルム複写資料です。（本書は、この他に現在の有三記念館、近隣風景・風物の写真を収録しています。）

〈ご案内〉

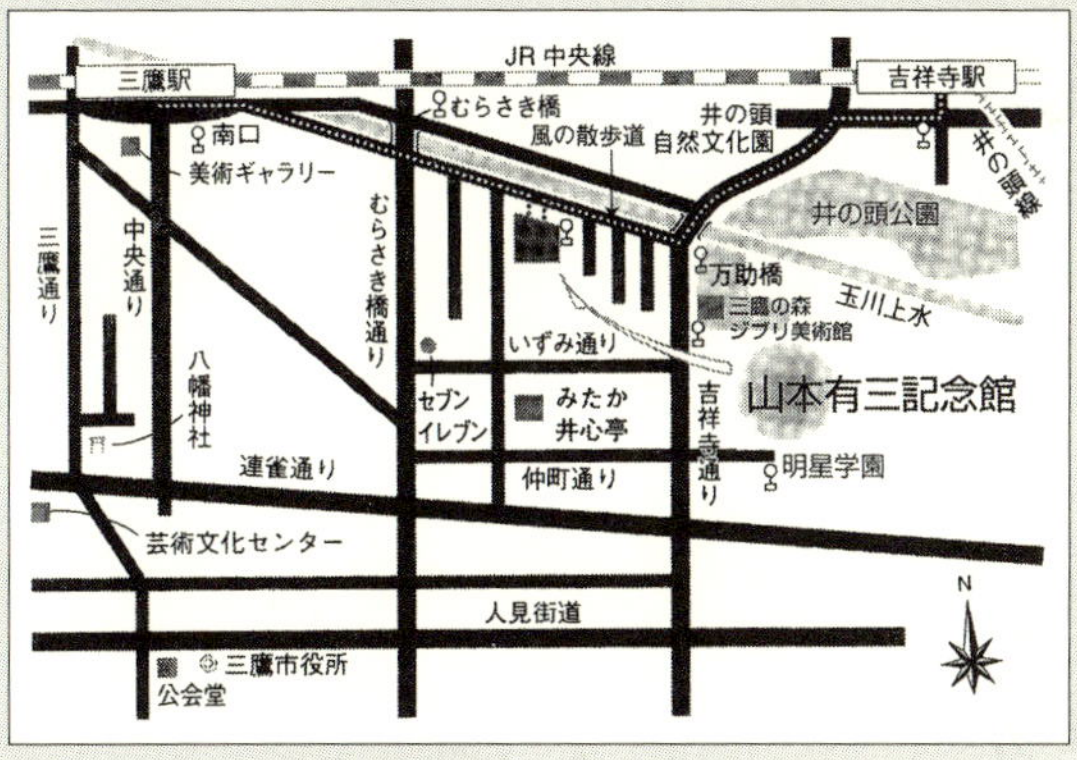

所 在 地：三鷹市下連雀 2-12-27（〒 181-0013）

電　　話：0422-42-6233

開館時間：午前 9 時 30 分より午後 4 時 30 分まで

休 館 日：月曜日（月曜が祝休日の場合は開館し、その日以降の祝休日を除く翌日、翌々日を休館とする）

年末年始（12 月 29 日〜 1 月 4 日）

※展示替などのために臨時休館する場合もあります

交通機関：三鷹駅から徒歩 12 分

吉祥寺駅から徒歩 20 分

バス停万助橋から徒歩 5 分

シティバス停むらさき橋、山本有三記念館あり

刊行のごあいさつ

市民の読書や思索、散策のお供になるよう、本書は、三鷹市山本有三記念館の「10周年特別展－山本有三の郊外生活－」（2006.6.13 ～ 10.8）を機にまとめました。有三青少年文庫記念室の頃よりの展示事業を通して、作家の生活と足跡をたどってきたことの総まとめとなります。

山本有三著作権者をはじめとします多くのご関係の方々にご協力いただきまして、ここまで歩ませていただきましたことに深く謝意を表します。

本書は、㈱はる書房と㈶三鷹市芸術文化振興財団の共同刊行となりました。（編者）

表　紙　三鷹市山本有三記念館玄関側
裏表紙　風の散歩道を走るみたかシティバス「赤とんぼ」
（撮影　村角創一）
写真掲載協力：三鷹市
東京都井の頭自然文化園
山本有三ふるさと記念館

山本有三と三鷹の家と郊外生活

2006年6月13日初版第1刷発行

編集・発行　三鷹市山本有三記念館／（財）三鷹市芸術文化振興財団
〒181-0013 東京都三鷹市下連雀 2-12-27
Tel. 0422-42-6233/Fax. 0422-41-9827
URL：http://mitaka.jpn.org

発　売　株式会社はる書房
〒101-0051 東京都千代田区神田神保町 1-44 駿河台ビル
Tel. 03-3293-8549/Fax. 03-3293-8558
振替　00110-6-33327
URL：http://www.harushobo.jp

編集協力　三鷹市　㈱はる書房
落丁・乱丁本はお取替いたします。印刷　三洋社／組版・デザイン　閏月社
©Mitaka City Yuzo Yamamoto Memorial Museum, Mitaka City Arts Foundation.
Printed in Japan, 2006
ISBN4-89984-077-2 C1095